親鸞の発見した日本

——仏教の究極

諏訪春雄
Suwa Haruo

笠間書院

#◉目次　『親鸞の発見した日本――仏教の究極――』

はじめに

私が真の意味で、仏教宗派浄土真宗の宗祖親鸞に出逢ったのは、二〇一一年十月、浄土真宗大谷《おおたに》派《は》（東本願寺）*1の作法で営まれた実弟の葬儀に参列したときであった。私の知っているこれまでの葬儀の形式とどこかが違っている。

その年、私は多くの親しい人たちをうしない、何度も仏教各宗、ときにはキリスト教、の葬儀に参列した。それらの葬儀では、すべて、白い花で飾られた祭壇の中央上段に故人の写真が一枚大きく掲げられていた。

しかし、弟の葬儀では、祭壇の上段中央には阿弥陀の画像が据えられ、弟の写真はその右脇に小さく飾られていた。そのとき、弟の声がはっきりと聞こえてきた。

1浄土真宗大谷派　浄土真宗教団連合一〇派の一つ。現在、本願寺派（浄土真宗本願寺派、本山西本願寺）、大谷派（本山東本願寺）、高田派（本山専修寺）、興正派、仏光寺派、木辺《きべ》派、三門徒派、誠照寺派、出雲路派、山元派の一〇派が浄土真宗を名乗る。

「兄貴、この祭壇の並べ方の意味が分かるか」

そのとき、私は浄土真宗の教える阿弥陀信仰がまだよく分かっていなかった。そのために祭壇配置の意味も十分に理解できなかった。浄土真宗もふくめた浄土教一般の教えでは、死者は息を引き取った瞬間に、阿弥陀のいらっしゃる浄土に迎えられ仕合せに永遠の命を得ることができる。弟の葬儀の祭壇配置はこの教えの象徴だったのだ。

しかし、いま、私は、親鸞の説いた阿弥陀仏とは、この浄土教一般の阿弥陀観すら超えて、じつは、日本人の伝統的人間観そのものの別称であった、と考えるようになっている。日本人の伝統的人間観とは、《人間は死んでも霊魂となり、神として永遠に生きつづける》という信仰である。この日本人の霊魂不滅の人間観の本質を理解させるために出現された方便の仏が、親鸞が最後に説いた阿弥陀であったのだ。

これは、私が、忠実に、執拗に、そして愚直に、親鸞の思索の跡をたどってようやく到達できた結論である。この驚くべき真実を、親鸞の多くの著述を読みすすめ、そして、とくに、八十六歳の親鸞が弟子に説いた最後の教え

本願寺派の本山西本願寺
大谷派の本山東本願寺

『洛中洛外図』角川書店、一九六六年

《自然法爾《じねんほうに》》の論[*1]に出逢って、私は確認することができた。親鸞は、最後には阿弥陀さえ絶対視しなかったのである。

親鸞に日本人の人間観が影響を与えているだろうという予測はあったが、調べるにつれ、読むにつれて、親鸞の信仰が日本人の伝統的民衆信仰そのものであることがあきらかになってきた。

いや、こういいかえたほうがよいだろう。日本人本来の古代からの伝統的人間観の、いまの私たちにはまったく不明になった本質が、親鸞の説く教えによって、あきらかになったのだ、と。親鸞が古代の日本を発見し、私も、そしてこの本を読んでくださる方々も、親鸞に導かれて古代の日本に出逢うことができたのだ。

親鸞の浄土教に関する思索の軌跡は大きく三つの段階をたどって深まっていった。

第一段階　修行時代

法然《ほうねん》、源信《げんしん》などをはじめとする日中の仏教先覚たちに学び、ひたすら

1自然法爾の論　そうあることが阿弥陀のお誓いによる自然の真理であるということ。阿弥陀のお誓いとは念仏の人が形のない無上仏である真理を悟らせることであり、その真理を悟らせるための方便の存在が阿弥陀であるという思想。参照「親鸞最後の阿弥陀観―自然法爾―」（198ページ）。

に浄土教の修行と学習に努めていた時代。

第二段階　融和時代

浄土教の阿弥陀信仰と日本の伝統的民衆信仰との融和をはかった時代。

第三段階　伝統的信仰優越時代

日本人の伝統的民衆信仰を仏教思想に優越させて説いた時代。

親鸞の生前から始まっていた宗門の動揺*2は、主として、この親鸞の第三段階の教えに接した弟子たちが混乱したためであり、親鸞の死後に実現した大宗派浄土真宗の確立は、すぐれた後継者たち、覚如《かくにょ》*3・蓮如《れんにょ》*4らの、第二段階への復帰運動の苦心の成果であったのである。

私の最終のねらいは、親鸞の思想を通して日本仏教の本質をあきらかにすることである。数多くこの列島に伝来した異国の宗教のなかで、なぜ仏教だけが日本に定着できたのか。そして仏教各派のなかで、なぜ浄土真宗がこれだけ巨大になりえたのか。親鸞の思想に、その疑問を解くもっとも有力な手がかりがある。親鸞の思想こそが当時の仏教・神道の諸派、思想家がこぞっ

2宗門の動揺　長男善鸞を初めとする関東の弟子たちが、本願ぼこり、増悪無碍などの恣意的な説を唱えて起こした不祥事件。参照「宗門の動揺」（222ページ）。

3覚如　親鸞の曽孫（ひ孫）。多くの著作を著して他派を批判する一方で門弟の教化に努めた。参照「覚如・蓮如の苦心」（228ページ）。

4蓮如　本願寺第八世。関西で布教を続けたのち、越前国吉崎に坊を構え、書簡「御文（おふみ）」で門徒たちの教化に努めた。参照「覚如・蓮如の苦心」（228ページ）「蓮如の経営戦略」（236ページ）。

て追求した日本人固有の神信仰と渡来の仏の関係を考える神仏習合《しんぶつしゅうごう》理論の究極の到達点だった。

神仏習合＊1という観点から、ぜひとも指摘しておかなければならないことがある。

親鸞の教えは、すべてを仏にゆだねる他力《たりき》による救済の信仰の究極である。他方で、仏教には、自己のきびしい修練を説く、浄土教のいい方を借りるなら自力《じりき》ともよぶべき信仰の系譜がある。釈迦の教えに始まったインドの原始仏教教団は、むしろ、欲望に覆いかくされている自己本来の仏性を解放する、きびしい修行による悟りの信仰であった。この信仰の流れは、日本にもおよび、親鸞と同じ時代では、臨済宗《りんざいしゅう》＊2・曹洞宗《そうとうしゅう》＊3などの禅宗に継承された。

この日本における禅宗曹洞宗の宗祖道元《どうげん》が、じつは、親鸞と同じ、人と仏は一体であるとする《人仏一如《いちにょ》》＊4の信仰に到達していたのだ。道元は、代表的著述『正法眼蔵《しょうぼうげんぞう》』『弁道話《べんどうわ》』などでくりかえし「身はかり、心こそ常在。一切衆生・草木国土はすべて仏性《ぶっしょう》を持つ」と説いている。身はかりの存在、仏性は心にあると悟るとき、人間をはじめ、草木国土の自然にいたるまで、

1神仏習合　日本固有の神の信仰と外来の仏教を融合・調和させるために唱えられた理論。本地垂迹、反本地垂迹などが代表。参照「日本仏教の究極」（206ページ）。

2臨済宗　禅宗の一派。日本では、栄西が中国に渡って、中国臨済宗の黄竜派の教えを学んで帰国、建久二年（一一九一）に創始した。

3曹洞宗　禅宗の一派。日本では、道元が中国に渡って、天竜山の如浄に学んで帰国、安貞元年（一二二七）に始めた。

4人仏一如　人はそのままで仏であるということ。参照「親鸞と道元―救済と解脱―」（214ページ）。

宇宙のいっさいの存在がすべて仏になることができるという、「草木国土悉《しっ》皆《かい》成仏」の道元のこの教えもまた日本人の人間観と仏教の究極の一致だったのである。

本書全七章の構成は右の親鸞の思索の発展の三段階に対応している。Ⅰ章で問題点を指摘し、Ⅱ章は親鸞の第一段階の修行時代についてのべ、Ⅲ章では第二段階の融和時代について考察した。そしてⅣ章からⅥ章までの三章で、親鸞の思想が人間霊魂不滅の日本人の原信仰を阿弥陀信仰に優越させるようになった経過をのべた。最後のⅦ章で、まず親鸞晩年から始まった宗門の動揺にふれ、隔絶した組織能力と経営戦略を持った後継者たちによって親鸞の著述と思想の整理が行なわれ、宗門テキストが確定・刊行されて、その後の浄土真宗の繁栄が実現したことをのべて、本書は終わっている。

手許の文化庁編『宗教年鑑』(平成二十三年版)によると、浄土真宗の大谷(東本願寺)・本願寺(西本願寺)・高田《たかだ》・仏光寺《ぶっこうじ》そのほか各派*5を総合した信者数は一千万人をはるかに超えていて、日本の宗教各派のなかで最大の勢力を

5浄土真宗各派 参照6ページ脚注。

誇っている。浄土宗諸派総数六百万人余、キリスト教九十八万人余と比べてみても、浄土真宗の、日本人の信仰風土への突出した浸透ぶりがうかがわれる。

この浸透は、親鸞の教えが、日本人の原信仰、草の根の民衆信仰をとり入れ、融合したことによって実現したのであった。

古来、海外文化の摂取に熱心であった日本の社会に、西欧のキリスト教や中国の道教《どうきょう》*1が広まらなかった理由は、これらの宗教が絶対の神一柱だけを信仰する一神教、または一神教的性格をつよく保持しているからである。仏教も、本来は、釈迦や阿弥陀を隔絶した仏として信仰する一神教的性格を持っていたが、日本の仏教関係者はその仏教を多神の信仰と融和させることに成功した。そのために仏教は日本の社会にひろく、ふかく浸透することができたのである。

親鸞は、ついに、すべての人が、死んだら形のない霊魂《れいこん》となって現世と神仏の国を往来するという、日本古来の伝統的霊魂観の存在にたどりつき、この信仰を日本人に気付かせるための方便の仏が阿弥陀だ、とまで思索を深めていったのである。

1道教　儒教・仏教と並ぶ中国三大宗教の一つ。民間信仰の基盤のうえに不老長生、現世利益などを目的に紀元前後に自然発生的に生まれた。

そして、《救済《きゅうさい》》を説く親鸞とは対極の《悟《さと》り》の方法を解く道元までが、異なる方向に出発しながら、円環をえがいて最後は同じ地点、日本人の伝統的人間観に到達していたのである。

親鸞坐像　　三重県津市専修寺蔵

I

親鸞の悪人

——問題の所在——

親鸞の悪人

善人なほもて往生をとぐ、いわんや悪人をや。

このことばほどいまの日本人によく知られている宗教家の発言はない。弟子の唯円《ゆいえん》が書きのこした親鸞の言行録『歎異抄《たんにしょう》』*1のなかで親鸞の教えとして紹介されている。悪人こそが阿弥陀によって浄土に救済される第一の対象であるという思想は、浄土信仰、さらには仏教のどのような教えにもとづくのであろうか。

『歎異抄』の親鸞のことばは次のようにつづいている。分かりやすく現代語訳にして示す。

善人でさえも同じように往生をとげる。ましてや悪人の往生はいうまで

1 **歎異抄**　親鸞の言行録。親鸞没後に常陸国の親鸞門弟の唯円が書き残した。

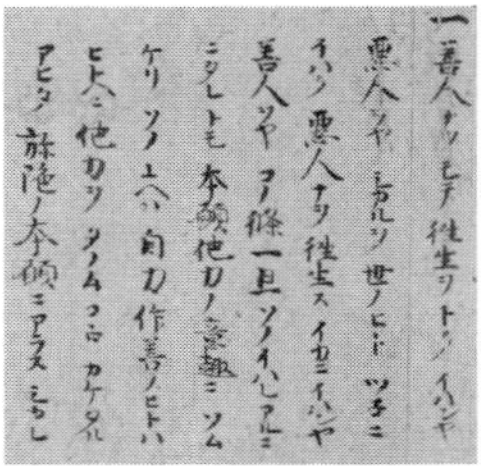
一善人ナヲモテ往生ヲトク イハンヤ
悪人ヲヤ シカルヲ 世ノヒト ツネニ
イハク 悪人ナヲ往生ス イカニイハンヤ
善人ヲヤ コノ条一旦ソノイハレアルニ
ニタレトモ 本願他力ノ意趣ニソム
ケリ ソノユヘハ 自力作善ノヒトハ
ヒトヘニ他力ヲタノムコヽロカケタル
アヒタ 弥陀ノ本願ニアラス シカレ

『歎異抄』「悪人往生」

もない。それなのに世間の人はいつもいっている。悪人でさえも同じように往生する、まして、善人はいうまでもない、と。この世間の人のことばは、一応は、道理があるようだが、弥陀の本願にすがる他力《たりき》の本旨には反している。

親鸞は、ここで、「悪人でさえ往生する。まして善人が往生するのは当然だ」という世間の人の常識に従った考えを、他力本願の本旨にそむいているといい切っている。

親鸞がこのようにいったとき、彼の念頭に、師の法然《ほうねん》の教えは存在しなかったのであろうか。法然は、弟子の黒田の聖人《しょうにん》*2にあてた書簡のなかで、親鸞がきびしく批判した考えをのべていた。黒田の聖人は伊賀国名張《なばり》郡黒田に住んでいた元武士の俊乗房重源と、研究者によって推定されている。

罪人さえ同じように浄土に生まれる。まして善人の往生はいうまでもない。

2黒田の聖人　伊賀国黒田に住んでいた法然門弟の俊乗房重源（しゅんじょうぼうちょうげん）。東大寺再建の中心人物として活躍した。

このように法然のいう罪人は、同じ書簡のなかで「罪は十悪《じゅうあく》・五逆《ごぎゃく》」と説明されていた、十悪、五逆、つまり仏教の経典が規定するありとあらゆる罪悪を犯す悪人をさしている。

親鸞は『歎異抄』で「たとえ、法然聖人にだまされ申して念仏をとなえ地獄におちてもけっして後悔することはございません」とまでいって、師への敬愛の情を吐露していた。師の法然の悪人観を親鸞が知らなかったはずはない。親鸞が、敢然と師と異なる意見をのべたことには、よほどの覚悟と自信があったはずである。

親鸞の悪人こそが善人に先んじて往生するという発言は、一見、世間の常識に反する内容だったために、悪人正機《しょうき》論という広範囲の論争を研究者のあいだにまきおこした。

親鸞は初期の著作『教行信証《きょうぎょうしんしょう》』でも悪人往生論を展開し、「機」つまりきっかけということばを使って「悪人往生の機たることをあらわすなり」「未来の衆生、往生の正機たることをあらわすなり」とのべ、悪人往生の正しいきっかけについて論じていた。このことばの悪人と『歎異抄』の悪人の意味をめぐって歴史家・宗教史家のあいだに交わされてきた論議が悪人正機論である。

これまでの論争の展開は大きく三つに分けることができる。

一つめは悪人を特定の身分・職業と考える立場である。商人説、武士説、農民説などが提出されている。

二つめは仏滅末法《まっぽう》の世の人々をさしているとする説である。

三つめは人間存在そのものの罪深い本質を表現しているという説である。『歎異抄』で親鸞は、悪人往生のための「正因《しょういん》」、正しい原因という表現もしていた。

このことばのほうを重視し、悪人正機論を悪人正因論とよぶべきだとする説も提出されている。この立場をとる論者は前述の第三の説に従っている。

悪人正機は衝撃のつよい考えであったために前述の三つに分かれる理解のほかに、親鸞の考えではなく、師の法然のことばだとする説さえ出された。法然没後に浄土宗関係者が法然の伝記をまとめた『法然上人伝記』*1の諸本のなかの一種の醍醐寺所蔵本に「善人なおもって往生す、いわんや悪人をや」という法然のことばがあるとして主張された説であった。しかし、前掲の黒田聖人あての法然の書簡からもあきらかなように、法然生前の著述によるかぎり、法然に「悪人正機」の思想があったとはとうてい考えられない。

1 **法然上人伝記** 醍醐寺所蔵。法然の身近にあった弟子勢観房源智がまとめた法然の伝記。

このようにさまざまな問題をはらみながらも親鸞の悪人観は現在次のようなところにおちついている。現行の事典から引用する。

悪人とは、武士・商人・漁夫など特定の社会階層、あるいは道徳上・法律上の背徳違法者を指すのではない。すなわち仏の前に自己を直視するとき、あらゆる自己の行為、さらにはその存在自体すらも悪であるとの認識をいうのである。

あきらかに前掲の第三の説、人間存在の本質論を採用した解説である。多くの宗教学者、歴史学者の永年の論争・研究をふまえたこの解説が、そして前掲三つに分けたこれまでの説が、ほんとうに親鸞の真意をとらえているのであろうか。親鸞のことばが発せられた歴史的状況と思想からはなれて、近・現代人特有の普遍的人間論に、そして合理的解釈にかたむいてはいないであろうか。

日本の浄土信仰の普及に大きな役割を果たした人物が平安時代中期に現われた恵心僧都源信《えしんそうずげんしん》*1であった。彼が『往生要集《おうじょうようしゅう》』*2を著述してから、この書

1恵心僧都源信　平安中期の天台宗の僧。大和国の人で延暦寺で出家し、良源に師事した。学才の誉れが高く、横川に隠れ住んで、修行と著述に専念した。浄土信仰で知られる。
2往生要集　平安中期の天台浄土教の理論書。源信著。

の影響下に浄土信仰の全盛時代が出現した。

源信は、『往生要集』で、念仏のもたらす七つの利益《りやく》の最初に「罪を滅して善を生ずる」ことをあげ、罪について、「大乗経典をそしり、五逆罪*3・四重禁《しじゅうきん》*4を犯し、教団所有の財物を盗み、比丘尼と姦淫し、八戒斎*5を破るなど、あらゆる悪事」とのべている。

俗人であれ僧であれ、ありとあらゆる悪事を働くものが、源信の説く悪人であり、罪人であった。源信の『往生要集』にふかく学んだ法然の罪人、親鸞のいう悪人もまたこのような罪悪を犯すものであったと、すなおに理解すべきではないであろうか。

先の三種の正機論に共通する傾向は、親鸞のいう悪人にそれぞれの限定条件をつけ、親鸞に先行して説かれていた浄土教の悪人の規定を変えていることである。しかし、そのような理解は、かえって親鸞の真意に遠ざかるのではないか。親鸞のいう悪人を、浄土教の先達たちの規定する悪人一般をさしているとすなおに考えたときに、始めて親鸞の悪人論の革命的意義が理解できるはずである。

私はこれまでの正機論の成り行きにかなりの不満を感じている。その不満

永観二年（九八四）に書かれはじめ、翌年完成した。

3五逆罪 仏教徒が犯してはならない五つの大罪。ふつうには、母を殺す、父を殺す、阿羅漢を殺す、教団を分裂させる、仏に危害を加えて血を流させる、の五種をさすが、経典によって違いもある。

4四重禁 仏教徒が犯してはならない四つの大罪。殺生・偸盗・邪淫・妄語の四種。

5八戒斎 在俗の男女が守るべき八種の戒め。殺生をしない、物を盗まない、邪淫を行わない、嘘を言わない、酒を飲まない、高く大きな寝床で寝ない、歌舞・音曲・観劇などに熱中しない、不適当な時間に飲食しない、の八つ。

は以下の三点にまとめることができる。

1　これまで提出された解釈は、のちに浄土真宗とよばれることになった親鸞の教えの全体から導きだされた説なのか。そのあいだに矛盾はないのか。

2　全身全霊で敬愛した師の法然の教えとまったく逆の思想を持ち、それを弟子に説く決断を親鸞にさせた原動力は何であったのか。親鸞個人の思索か、外部の要因か。

3　親鸞の一見過激な悪人観がそののちの日本人に受け容れられ、彼の教えに従う宗派である浄土真宗の普及に大きな力を発揮したのはなぜか。

親鸞の思想には、悪人正機観に限らず、当時の浄土教の諸派がこぞって根本経典として従った「浄土三部経」*1に代表される浄土教一般から大きく離れ、ときにはまったく逆の考えが数多くあった。これ以降にくわしくみていく。その親鸞の思想の全体像について、以上の三つの筋道をたどって考えて

1浄土三部経　浄土教がよりどころとする三部の教典。『無量寿経』『観無量寿経』『阿弥陀経』の三種。法然が著述『選択本願念仏集』で選定した。

みようというねらいを持って私は本書を執筆した。

そこからみえてくる親鸞の姿は、これまでの多くの親鸞信奉者や研究者がふれたことのないものである。しかし、その親鸞像を通して、私たち日本人には、このうえなくなつかしい、そしてやさしく美しい心の風景がひらけてきたのである。

II

日本の浄土信仰

――先人に学ぶ――

浄土信仰の確立――源信の『往生要集』――

浄土信仰は、浄土とよばれる清浄な仏の国土に、現世の衆生を浄土の主宰者の仏が導いてくださるという信仰である。

日本人の浄土信仰は、六世紀、飛鳥時代に、弥勒《みろく》仏像の伝来をきっかけにして、弥勒浄土信仰として始まった。この段階では、浄土に衆生を救済する仏は阿弥陀ではなく弥勒菩薩*1であった。中国、朝鮮を経由して日本に伝来したこの弥勒信仰は、主として高野山を本拠とする弘法の真言宗に継承されてひろめられ、高野山が弥勒浄土と説かれた。

そののち、さらに、奈良時代後期、十世紀のころに阿弥陀信仰が中国から伝わり、最澄《さいちょう》*2の天台宗《てんだいしゅう》にとりいれられて阿弥陀浄土信仰がさかんになった。

日本に浄土信仰を定着させるうえで大きな役割を果たした人物が、前述した恵心僧都源信《えしんそうずげんしん》であった。彼は天台宗の良源《りょうげん》*3に師事し、出家して、天台

1弥勒菩薩　釈尊の入滅のあと五十六億七千万年ののちにこの世に出現して釈尊と同じように衆生済度に努めると信じられている仏。

2最澄　平安前期の僧。伝教大師。延暦二十三年（八〇四）、遣唐使とともに唐に渡り、天台の教義を学んで帰国し、日本天台宗の開祖となった。

3良源　平安中期の天台宗の僧。第十八代天台座主。比叡山中興の祖といわれる。

4横川　東塔・西塔と並ぶ比叡山三塔の一つ。東北部に位置する。

5浮舟　『源氏物語』第三部「宇治十帖」のうち、「宿木」から「夢浮橋」までの

宗総本山の比叡山で修行したが、当時の比叡山の世俗化に不満を持ち、麓の横川《よかわ》*4に隠棲してしまった。『源氏物語』「宇治十帖《うじじゅうじょう》」に登場する、女主人公浮舟《うきふね》*5を助ける横川の僧都《そうず》は彼をモデルにしているといわれている。

源信の代表作が永観二年（九八四）十一月に稿をおこし、わずか半年たらずで完成させた『往生要集《おうじょうようしゅう》』全三巻であった。

この書の序文で彼は執筆の目的を以下のように書きだしている。

> 阿弥陀如来の極楽に生まれるための教えとその修行は、この末の濁りはてた世の人々にとっては、大切な目や足にあたるものである。

源信は、そのために、彼が学んだ天台宗の教義や経典から念仏往生*6に関する教え、ことばだけを集めて、自分の解釈を加え、分かりやすく叙述したのであった。

しかし、のちの法然、さらには親鸞や一遍《いっぺん》と比較すると、まだ自力《じりき》修行の要素を多くのこした源信の浄土信仰の特色がはっきりみえてくる。

源信は「南無阿弥陀仏」の六字の名号を念じる念仏を浄土往生の近道とし

六巻の女主人公。二人の男性に愛される板ばさみから入水自殺しようとして横川の僧都に救われる。

6念仏往生　「南無阿弥陀仏」の六字の名号を唱えることで浄土に往生すること。

滋賀　聖衆来迎寺恵心僧都
源信像

て称揚した。しかし、彼は念仏に心で想像する「観想《かんそう》」と口で唱える「称名《しょうみょう》」の二つの修行法を認めていた。

観想とは、阿弥陀如来のお姿を眼前におわすように思い想像することであり、称名は、阿弥陀如来の名を声に出して唱えることであった。

しかし、源信は、観想と称名の二種の念仏を浄土往生の方法として推称する他方で、念仏以外の自力《じりき》の修行法をも否定しなかった。『往生要集』の「助念の方法」という一節で、念仏の助けとなる方法として七種をあげている。その内容は念仏以外の自力の修行法であった。

第一　花や香をそなえること
第二　西方に背を向けず、涙・唾《つば》・大小便などを西方に向けないこと
第三　くじけなまける心が生じたときは、種々のすぐれた方法によって自分をはげますこと

このわずかな例示からも、他力《たりき》念仏以外の修行法を認める天台宗の教えのなかにそだった源信が、念仏を主としながらも、念仏以外の修行法を排除し

なかったことがあきらかである。

源信は日本人の地獄思想[*1]をも方向づけた。『往生要集』が有名になった最大の理由は、じつはそこに展開する地獄の描写のすさまじさのためであった。

源信は、人間が生を変えて輪廻《りんね》する六道《ろくどう》[*2]の一つとして地獄をとらえ、等活《とうかつ》・黒縄《こくじょう》・衆合・叫喚・大叫喚・焦熱・大焦熱・無間《むけん》の八つの種類[*3]に分けた。この地獄の体系は、五世紀成立のインド仏典『倶舎論《くしゃろん》』[*4]を継承したもので目新しさはないのであるが、注目されることは、彼が描きだしたそれぞれの地獄の精細なイメージである。

たとえば最初の等活地獄は以下のように描写されている。

この地獄のなかの罪人は、互いにいつも相手を傷つけあっている。たまたま出逢うと、猟師が鹿に逢ったようである。互いに鉄の爪を持っていてつかみ裂きあう。罪人たちは血肉がなくなって骨だけをのこしている。獄卒は手に鉄杖や鉄棒を持ち、罪人の頭から足の先まで叩きつくすので、身体は砕けて砂の塊のようである。別の獄卒はするどい刀を持っていて、ま

1地獄思想　地獄とはどのような所かという考え。

2六道　衆生が死後に生まれかわるとされる六種の境遇。地獄・餓鬼・畜生・阿修羅・人間・天上の六界。

3八つの地獄　八大地獄、八熱地獄ともいう。これらの地獄に落ちた者はすべて激しい熱に責めさいなまれる。

4倶舎論　もとの名をアビダルマ・コーシャ・バーシャというインドの仏典。七世紀の唐の人玄奘三蔵（げんじょうさんぞう）が中国に伝えて漢語訳した。

るで料理人が魚や肉を裂くように罪人の肉をばらばらにしている。そこへ涼風が吹いてくると、罪人たちはまたもとのようによみがえる。にわかに起き上がり、まえと同じ苦しみをくりかえすことになる。

『往生要集』の地獄描写は、のちの『今昔物語集』などの説話集、『平家物語』などの軍記物語、謡曲や狂言などの劇文学、『地獄草子』などの地獄絵類、民間伝承などにうけ継がれていった。日本人の地獄観の形成に深刻な影響をあたえることになった。

『今昔物語集』によると、地獄には閻魔《えんま》の庁があり、亡者はここに導かれて生前の行為によって行き先を決められる。閻魔王が裁判長として最終の決定を下し、その際に亡者の生前の行為を記した《閻魔帳》*1が参照されている。その責め苦も凄惨をきわめる。頭の頂《いただき》から額にかけて鉄釘を打ち込む、鉄釘三十七本で身体をつらぬく、首を切って釜でゆでる、などの描写がつづく。

『往生要集』の冒頭にこのような地獄のすさまじいイメージが叙述された理由は、読む者に、地獄の恐怖をかきたて、浄土往生の念をつよく起こさせるためであった。源信の計算しつくされた戦術だったのだ。

1閻魔帳 地獄の王閻魔が死者を裁くときに参照する帳面。死者の生前の行為が記録されている。

源信に学んで源信を超えた法然

法然も、はじめ比叡山で天台仏教を修行し、『往生要集』を学ぶなど、源信にふかく傾倒していた。彼が、ややあいまいさをのこしていた源信の教えから離れて、念仏唯一の専修念仏の道を歩むようになったきっかけは、四十三歳のときに中国の僧善導《ぜんどう》（下図参照）の著作『観無量寿経疏《かんむりょうじゅきょうそ》』を読んだことであった。

善導*2は唐代の浄土教の僧であり、その代表作が、「浄土三部経」のなかの『観無量寿経』に新解釈をほどこした『観無量寿経疏』であった。そのなかの一節、

一心にただひたすらに弥陀の名号を念じ、日常の行住坐臥に、時の長短を問わず、一念に忘れることがないこと。

法然が夢中で対面した唐の僧善導

2善導　七世紀の中国唐代の僧。道綽（どうしゃく）の弟子。浄土教の教義の大成者。

に出逢ったことが法然の転機になった。

一心に弥陀を念じ、日常坐臥、一刻も念頭から離すことなく、念仏を怠らないことが、もっとも正しく、ゆるぎない修行であった。

法然は『往生要集』の注釈書『往生要集釈』を執筆した。その最後を「恵《え》心《しん》を信じる人はかならず善導・道綽《どうしゃく》の教えにまでさかのぼらなければならない」と結んでいた。道綽は善導の師にあたる中国の浄土教の僧である。日本の浄土教布教にはたした恵心こと源信の功績は認めても、浄土往生の本質は、中国の善導、道綽の教えにもどるべきことを法然は宣言したのであった。

法然にとって、釈迦が阿弥陀の化身であると同様に、善導もまた阿弥陀の化身であった(『三部経大意』)。[*1] 彼は、晩年、六十六歳のときに、夢中で善導と対面する神秘体験をし、いっそう善導への傾倒の念をつよめていった。

法然は、門弟たちに伝えた教訓書『一枚起請文《きしょうもん》』[*2]で念仏への覚悟を「往生極楽のためには南無阿弥陀仏を申すほかには方法はない」とのべている。

このことばからも、源信にふかく学びながらも、源信がみとめた観想や学問、自力の修行をすてて、ひたすらに称名《しょうみょう》念仏一筋に徹底した法然の信仰をみることができる。ただ、いっさいのさかしらから離れた愚鈍者として念

1 三部経大意　浄土三部経大意とも。法然著。『無量寿経』『観無量寿経』『阿弥陀経』の三種の注釈。
2 一枚起請文　法然が死の直前に記し弟子の勢観房源智に授けた遺言書。『法然上人（又は元祖大師）御遺訓一枚起請文』ともいう。

仏を唱えよと彼はすすめている。

法然は源信の思想を根底で乗り超えたが、そのままに継承した思想も多くある。その一つが阿弥陀の来迎《らいごう》である。念仏者の臨終に阿弥陀が降臨して浄土へ連れていってくださるという教えである。

法然は、著書の『三部経大意』で、仏教信者を上中下の三つの品《ほん》（階層）に分類して、上品の人の臨終には阿弥陀みずからが諸仏・菩薩とともに来迎し、中品の人の臨終には阿弥陀の化身の三尊が来迎するとのべている。

さらに法然は地獄観でも源信を継承していた。彼の著書には、極楽、地獄、六道などのことばがよく出てくる。それらについての説明は『往生要集』から引用していた。

法然は師である源信の教えの大綱に従いながらも、源信がまだのこしていた自力の要素を捨て、ひたすらに念仏を唱える他力の信仰を重視し、日本における専修《せんじゅ》念仏の最初の唱導者となったのである。

法然の浄土宗四本山の一つ 京都知恩院

法然を信じて法然を超えた親鸞

親鸞もまた法然のたどった道を歩んでいた。師を超えることは、おそらく、すぐれた弟子のたどるべき宿命であろう。

法然に学んだ親鸞の浄土観の基本は師と同じであった。いや、師と同じ浄土観から出発していた。

親鸞は、法然、さらにその師にあたる源信を自分の著書のなかによく引用し、傾倒の情を吐露している。たとえば、『正信念仏偈《しょうしんねんぶつげ》』*1(『念仏偈』ともいう)では、「源信はすべての人々に念仏をすすめた……わが師源空《げんくう》(法然)は真実の他力の教えをこの国におこした」とのべている。

親鸞は師の法然をふかく尊敬し、その教えを何よりも重んじ、法然もまた弟子の親鸞を愛し、信頼していた。

『歎異抄』に、親鸞が著者の唯円《ゆいえん》に語った有名なエピソードが紹介されている。

1正信念仏偈 親鸞の著した『教行信証』「行巻」末尾に収録された百二十句の唱えの文句を収めている。

法然聖人《しょうにん》がご在世のおり、お弟子たちが大勢おられたなかで、師の法然聖人と信心を同じくする人はわずかでいらっしゃったため、親鸞聖人と仲間のお弟子たちとのあいだでご論争がありました。親鸞聖人が「私善信（親鸞）の信心も師の聖人のご信心もまったく同じです」とおっしゃったところ、誓観房《せいかんぼう》*2・念仏房*3などのお仲間たちがもってのほかのことと反対をなされ、「どうして師の法然聖人と弟子の善信房の信心がまったく同じなどということがあるものか」と口々にいわれた。

親鸞聖人は、「師の法然聖人の御知恵、学識・識見はひろくていらっしゃるのに、その点で同じと申すならば、それこそ間違いでしょう。しかし、往生の信心においてはまったく違うことはありません」とご返答なさった。しかし、「そのようなことがあるものか」と非難がつづいたので、結局、師のまえで、いずれが正しいか決めていただこうと、法然聖人にことの仔細を申しあげた。

法然聖人がおっしゃったことは、「自分の信心も阿弥陀如来からいただいた信心である。善信房の信心も阿弥陀如来より賜った信心である。だか

2誓観房　正しくは勢観房。法然の高弟で百万遍知恩寺の開基の源智。

3念仏房　法然の高弟。嵯峨の往生院の開基。

らまったく同じである。別の信心をお持ちの方は源空（法然）の参ろうとしている浄土へはよもやいらっしゃることはありますまい」であった。

この話はのちに浄土真宗の僧の宗昭が制作した親鸞の伝記絵巻『親鸞伝絵』[*1]にもよりくわしく取りあげられている。そこでは親鸞は次のようにいっていた。

往生の信心では、ひとたび他力信心の理をうけたまわってこのかた、まったく私心はありません。法然聖人のご信心も他力よりいただいていらっしゃいます。善信の信心も他力です。ですからまったく一つで、違うところはないと申しあげたのです。

これに対し、法然のことばは次のようになっている。

信心が違っていると申すは、自力の信仰にいうことです。すなわち知恵がそれぞれべつであるために信心もまたそれぞれべつなのです。他力の信

1 **親鸞伝絵**　親鸞の伝記絵。詞書と絵とを交互に連ねた絵巻物。親鸞のひ孫の覚如の著作。

心は、善悪の凡夫ともに仏のほうから賜わる信心なので、源空の信心も善信房の信心もまったく変わるはずはないのです。ただ一つです。

当時多数いた法然の弟子たちのなかでいかに親鸞が法然の信頼を得、親鸞もまた全身全霊で法然を敬慕していたかが、よく分かる話である。「信心諍論《そうろん》」とよばれてのちに語りつがれていった。

この師弟のあいだにはもう一つ「信行《しんぎょう》両座」*2という有名なエピソードがある。やはり『親鸞伝絵』（下図参照）が報じている。

ある日のこと。親鸞聖人はこんなことをいわれた。

「たくさんのお弟子のなかで、だれが本当に往生浄土の信心を確立しているか知りたいものですね」

法然上人がいわれた。

「それはもっともだ。明日、一同がそろったらいい出してみよう」

翌日です。大勢のお弟子が集まったところで、親鸞聖人は、

「今日は信不退《しんふたい》（念仏の信心こそがもっとも大切）と考えるか、行不退《ぎょうふたい》（念仏を

2信行両座　阿弥陀を信じるだけで救済されるか、阿弥陀の名を口で唱える行が必要か、座を分けてその信念を問うたこと。

『親鸞伝絵』「信行両座」

唱える行《ぎょう》こそがもっとも大切）と考えるか、それぞれご意見をおのべください」
といって、筆をおとりになった。

三百人あまりの弟子たちが迷っていたときに、聖覚《しょうがく》法印*1と信空《しんくう》上人*2の二人がまず「信不退」と宣言し、遅れて入ってきた沙弥《しゃみ》法力《ほうりき》*3（熊谷直実入道）もこれに同《どう》じた。親鸞は黙って自分の名を信不退のほうに記入し、法然の最終判断も信不退であったという。

この話は「信」「行」という浄土信仰の根源にかかわる問題を扱っていて、のちのフィクションという説も出されているが、親鸞に対する法然の信頼をよく示してはいる。「信」つまり阿弥陀を信じるだけで救済されるのか、「行」つまり阿弥陀の名を口で唱える必要があるのか、という争いである。

自己の教義を集成した著述『選択《せんじゃく》本願念仏集』（『選択集』）のなかで法然はくりかえし称名念仏の功徳を説き、称名こそ正行であり、「口で一心にもっぱら阿弥陀の名を唱えること」といっている。法然は、本来は「行不退」を説いていたのであり、「信行両座」の試みで、法然がその「行不退」ではな

1聖覚法印　安居院（あぐい）法印。父藤原澄憲の業を継ぎ説経、唱導の名人として安居院一流の基礎を築いた。天台宗の僧であったが、のち法然の門に入った。

2信空上人　法蓮房信空。法然上人の後継者として教団を統卒し、浄土宗の基礎を固めた。

3沙弥法力　熊谷次郎直実。平家の武士であったが、源頼朝の御家人となる。のちに出家して法然上人に師事し蓮生、法力と号した。

く「信不退」をえらんだという話は、親鸞につごうよくつくられた話であった。

親鸞は、法然門弟中で『選択集』の書写を師から許された数すくない一人であった。親鸞以外にこの書写を許された弟子は五人だけだったといわれている。親鸞はこの書の書写を師から認められたときの喜びを『教行信証』の最後にのべている。

親鸞は、『選択集』こそ「まことに稀有《けう》のすぐれた文、無上の宝物」とたたえ、この書の書写を許されたものははなはだすくなく、自分が法然の真影とともにうつすことを許されたことは真の念仏行者の徳であり、往生間違いのない身となったのだ、とまでいっていた。

これほどに許しあった師弟であっただけに、親鸞も、初期の著述である『教行信証』では、ほとんどの論旨の展開が師の『選択集』と同一であった。先の「信」と「行」の関係でも両者に優劣をつけるようなことはなく、称名を正行とする法然の『選択集』に従っている。

しかし、親鸞は、のちに称名を捨て、信じることこそが重要と説くようになる。親鸞はいう。

信心のさだまるとき、往生またさだまるなり。(『末燈鈔《まっとうしょう》』*1)

親鸞は心情的には法然への敬愛の念を終生抱きながら、思想的にはしだいに師とはべつの道を歩んでいった。日本人の伝統的人間観・霊魂観の探究、そして阿弥陀信仰との融和が始まったのである。

その理由の一つは法然の読むことのできなかった経典を親鸞が眼にできたことであり、もう一つの理由は、当然ながら、親鸞が独自の思索と体験をかさねたからであった。

ことに二十八年に及んだ越後・東国の生活で、地方の民衆の生き方と信仰に接したことが、親鸞の思想を根底から変えたのである。

1末燈鈔　親鸞の手紙二十二通を集める。親鸞のひ孫覚如の次男従覚編。

III

親鸞の地方体験

——日本の伝統に学ぶ——

四度の夢告

九歳のときに天台宗の慈円[*1]のもとで出家し、比叡山で修行を続けた親鸞であったが、しかし、二十九歳、みずからの進路に迷って、山を下りた。そのまま彼は同じ天台宗系の寺、京都頂法寺《ちょうほうじ》の本堂六角堂に百日の参籠を試みた。九十五日目の暁に救世観音《くぜかんのん》の化身聖徳太子[*2]の夢告をうけて法然の門に入る。この重大な夢告については、親鸞みずからが『教行真証』に書きとめ、のちに、妻の恵信尼《えしんに》の書簡にも記述されている。

親鸞はきわめて霊感能力の高い人であった。現代風に表現をすればシャーマン、それも神の降りる憑霊型のシャーマンとしての資質をつよく持っていたようである。

親鸞は若いときに四度の夢告体験をしている。そのうちの一回が、法然の門に参入するきっかけとなった前述二十九歳のときの救世観音の化身聖徳太子のお告げであった。これは、親鸞の三回めにあたる夢告体験である。

京都頂法寺六角堂

1慈円　慈鎮とも。鎌倉時代初期の天台宗の僧。歴史書『愚管抄』の著者。

2救世観音の化身聖徳太子　京都頂法寺(通称六角堂)は聖徳太子の創建。救世観音は現世利益の仏の意味で観世音菩薩をいう。聖徳太子は観音の化身とされる。

そのほかにも、親鸞は、三回にわたる夢告を体験している。

第一回は、親鸞十九歳、河内国磯長《しなが》の聖徳太子廟に三日間の参籠をした際に聖徳太子から受けたお告げであった。彼はその夢告で浄土教への回心をつよく勧められた。

正治二年（一二〇〇）、親鸞二十八歳のときに二回めの夢告があった。比叡山の無動寺《むどうじ》のなかの大乗院*3で修行中の親鸞の夢中に、如意輪《にょいりん》観音*4が出現し、天台宗をはなれて浄土教に向おうとする親鸞の行動をほめたたえた。親鸞の願いと如意輪観音の願いが一致したのである。

四回めの夢のお告げは親鸞がすでに法然の門に入った三十一歳、建仁三年（一二〇三）のことであった。再度、京の天台宗寺院紫雲山頂法寺の六角堂に百日の参籠を行なった。ここで親鸞は、その生涯と教義にじつに重大な意味を持つことになった夢告を受けた。参籠九十五日めの親鸞の夢に、頂法寺の本尊救世観音が現われ、次のようなお告げをしたのである。

行者宿報《すくほう》にてたとい女犯《にょぼん》するとも
我は玉女《ぎょくじょ》の身となりて犯されん

3比叡山無動寺大乗院　無動寺は比叡山延暦寺無動寺谷にある寺院で、明王堂・大乗院・法曼院・弁天堂などがある。

4如意輪観音　如意宝珠と法輪の力によって衆生を救う菩薩。

一生のあいだよく荘厳し
臨終引導して極楽に生ぜしめむ

汝がこれまでの宿報《すくほう》（因縁）によって、たとえ女犯の行為があっても、自分（救世観音）が玉女という完全無欠な女の姿となって、肉体の交わりを受けよう。そして汝の一生につれそい、臨終には引導して、極楽に生まれさせよう、という告示の内容である。

これにつづけて観音は「このことばはわが誓願なり、いっさい衆生に説き聞かすべし」と仰せになり、親鸞は、「数千万の命あるものすべてにこの教えを説き聞かせよう」と覚悟したときに夢から覚めたという。

この四回めの夢告の物語の内容は複雑である。師の法然は女人往生《にょにん》*1を認め（無量寿経釈）*2、女性と交わる女犯の罪も否定していた（熊谷直実への消息文）*3。そのような女犯に限定した師の教えに従う親鸞の妻帯の決意の文とも読めるし、また、女犯《にょぼん》に代表される法然の教え全体に帰依することになった親鸞の転向の物語とも解釈できる。

若い僧侶が観音を女性と妄想して欲望を抱いた物語は、平安末から中世に

1女人往生　女人成仏とも。女人の身体のままで成仏すること。『法華経』「提婆達多品」に女性は男性に変わることで成仏できるとする「変成男子（へんじょうなんし）」の論が説かれ、平安から中世にかけての日本仏教界の大勢はこの考えに従っていたが、しだいに女人往生論が台頭した。参照「源信・法然・親鸞・一遍─浄土四聖人─」（186ページ）。

2無量寿経釈　『三部経大意』のうち。

3熊谷直実への消息文　「女犯とは不婬戒の事でしょう。持戒の行は仏の本願ではないので、耐えられる程度で守られたらよいでしょう。大切なことは念仏を唱えつづけることです」と手紙で質問に答えている。

かけての説話文学の類に多くみることができる。哀れにも滑稽な艶笑譚として、それほど珍しい話ではなかった。

しかし、親鸞の夢告は、六角堂という限定された幽暗の空間内における女神との合一と再生、というふうに一般化すれば、日本人の伝統的な生命更新の原理に従っていた。

狭い暗い場所に入って生命を新しく復活させることを日本人は〈籠《こも》り〉といいならわしてきた。〈籠り〉は日本の祭り一般の重要な方法である。祭りといわれる行事は、古くなった秩序を新しい秩序に改める営みである。秩序が改まれば個人の生命も更新される。〈籠り〉は、日本の祭り一般で秩序と生命を更新する行事の中核の行動である。

日本人の文化には、しかし、祭り以外にも、狭い場所に籠って生命の更新を果たす種々の工夫がみられる。

修験道は山を修行の場所としている。峰入り*4とか十戒とかよばれる山伏の修行は、山全体を母の胎内とみなし、山に入って一度死んで生まれ変わる〈擬死再生〉とよばれる信仰に支えられている。この修行法は山岳宗教の天台宗や真言宗にも取り入れられ、千日回峰*5などの修行になっている。

4峰入り 大峰入りの略。大峰山中で十種の行を体験し、象徴的に一度死んで再生する修行。十戒ともいう。
5千日回峰 千日回峰行ともいう。決まりに従って山中を千日間歩く荒行。

山中で〈胎内くぐり〉とよばれる行場《ぎょうば》は、母の胎内になぞらえた岩窟を潜り抜けることによって再生を果たす。この修行法は多くの仏教寺院で戒壇の地下の暗黒空間をめぐる〈戒壇めぐり、胎内めぐり〉にも受けつがれている。

このような日本人の生命更新の装置を支えてきた原動力は、大地と母性の結合した〈大地母神〉の信仰である。

親鸞は京都の六角堂の幽暗のなかで、日本の伝統的な信仰対象の女神〈大地母神〉*1と出逢って、新しい浄土教の建設に力強い一歩を踏みだしたのであった。親鸞三十一歳の新生である。親鸞のシャーマン的感性が、鋭敏に日本の伝統的生命更新の働きに反応した結果であった。

これをきっかけに、親鸞は、日本の民衆の土着の伝統的信仰と正面から向き合うことになったのである。

1大地母神　地母神ともいう。大地の豊穣性と女性の出産能力とを結合して神として信仰すること。

太陽・女性

親鸞三十五歳の承元《じょうげん》元年（一二〇七）、京で念仏宗に対する大弾圧が下された。直接の理由は法然門下の僧と後鳥羽院女官との密通であったが、それ以前からの南都の寺院*2による、執拗な朝廷への念仏宗弾圧*3の働きかけが功を奏した事件であった。

法然は土佐に移り、この事件に連坐した親鸞は越後国国府《こふ》に流された。現在の新潟県上越市《じょうえつし》の居多《こた》ケ浜に上陸した親鸞は、当時は海岸近くにあった越後の一の宮の居多《こた》神社に参拝し、

すゑ遠く法《のり》を守らせ居多の神　弥陀と衆生のあらん限りは

という歌を詠んでいる。彼はまた海に沈んでいく夕陽を見て、日の丸に「南無阿弥陀仏」の六字の名号《みょうごう》を記した。神社にはいまも親鸞自筆の「日の丸の御名号」（下図参照）が伝えられている。真っ赤な日の丸のうえにあざやかに名号が墨書されている。

親鸞の越後の配流の地が居多ケ浜であり、同地の居多神社に最初に参拝したことは、信頼できる親鸞の伝記である、南北朝期の覚如《かくにょ》のまとめた『御伝鈔《ごでんしょう》（親鸞伝絵）*4』にも記述されている。

2南都の寺院　南都七大寺ともいう。奈良時代、平城宮とその周辺に栄えた東大寺・興福寺・薬師寺などの七寺。

3念仏宗弾圧　南無阿弥陀仏を唱えるだけで往生できると説く浄土宗、浄土真宗、時宗などに対する政府の禁令と弾圧。

4親鸞伝絵　参照36ページ注。

親鸞日の丸御名号
上越市　居多神社蔵

ここからあきらかになってくることは、神信仰と仏信仰の融合である。明治になって神仏分離・廃仏毀釈《はいぶつきしゃく》*1が国の方針として進められるまで、日本人はおおらかに両者を融合させていた。

ことに親鸞は敬神の念のつよい人であった。心細い流罪の地で彼が最初に祈願した場所は、同地の国分寺などの仏教寺院ではなく、神社であり、背景の西の海に沈む夕日に阿弥陀の姿を見ていた。

昇る朝日、沈む夕日に神の姿を見ることは日本人の常である。太陽はいまもむかしも変わることのない日本人の信仰対象である。仏教徒の親鸞は神としての太陽と阿弥陀を重ねたのであった。親鸞の浄土教が伝統的日本人の信仰と融合していった強力な例証がここにもある。

親鸞が孫の如信《にょしん》におりにふれて語って聞かせた教えを、元弘元年（一三三一）に如信の子の前述覚如《かくにょ》が書きとめた『口伝鈔《くでんしょう》』に、親鸞はくりかえし、阿弥陀仏と太陽について語り、両者を同一と説いている。

何物にも妨げられない光をそえた阿弥陀仏という太陽の輝きに触れないときは、永遠の心の迷いの夜はあけない。

1神仏分離・廃仏毀釈　神仏分離は、神仏習合を禁じ、寺院の支配下にあった神社を独立させた明治初年の宗教政策。廃仏毀釈は神仏分離政策と連動した明治初年の仏教の抑圧政策。釈は釈迦。

親鸞の信仰では、「阿弥陀仏という太陽」つまり阿弥陀仏は太陽そのものであった。

私は新潟市の生まれである。新潟市は、親鸞が上陸した上越市よりはすこし北に位置するが、大学四年間をすごした寄居浜《よりいはま》は居多ヶ浜につづいている海岸である。西の水平線に位置する佐渡島の方向に沈む四季折々の夕日のすばらしい景観は、教室からも望め、神秘的でさえあった。私はしばしば友人たちと海岸に出て砂浜に座り、時間も忘れて、大きな夕日を飽かず眺めてすごした。そこに阿弥陀仏を見た親鸞の体験は私にもよく理解できる。

越後に流された親鸞が最初に住んだところが竹之内草庵であった。この草庵は、旧国分寺の境内に生えていた孟宗竹を使用して骨組みを造ったことから竹之内とよばれた。その旧居は、現在、上越市の五智《ごち》国分寺境内に立派な寺として再建され、本堂には親鸞の坐像が安置されている。いまの五智国分寺はこの地にあった国分寺が廃絶したので、のちに越後の支配者となった上杉謙信が戦国時代に再建した寺である。

この竹之内草庵時代に親鸞は妻の恵信尼《えしんに》と暮らしていた。親鸞は法然の許

日本人の太陽信仰
佐渡に沈む夕日

しを得て、僧としてははじめて公然と妻を持った。京都にいたときに摂政関白九条兼実《かねざね》*1の娘玉日と結婚していたという説が南北時代成立で伝存覚著の『親鸞聖人正明伝』にあるが、ときの最高権力者の娘との結婚に疑問を持つ研究者も少なくない。確実な妻は恵信尼で、二人のあいだには六人の子が生まれた。

僧侶の妻帯については、奈良時代に施行された「養老令」*2のなかの「僧《そう》尼令《にれい》」*3に規定があって、公的にはみとめられないことであった。

しかし、京都の六角堂の夢告体験を経た親鸞は僧侶でありながら妻子を持つことにためらいはなかった。しかも、流罪の際に還俗させられて藤井善信《よしざね》と俗名を名乗っていたために、結婚に法的な面でも障害はなかったのである。

恵信尼は越後の生まれで、親鸞の地方生活に同行していたが、晩年、親鸞が京にもどると、別れて故郷の越後で過ごした。僧の妻帯が一般的には承認されていなかったことが、夫妻を引き離したのであろうか。

彼女が娘の王御前《おうごぜん》（のちに覚信尼《かくしんに》と名のる）にあてた十一通の手紙は、親鸞のもっとも身近にあった女性の肉声として貴重である。そこからは、親鸞とその家族の日常生活がありのままによみがえってくる。

1九条兼実　鎌倉前期の公家。京の九条に邸宅を構え、五摂家の一つ九条家の祖となる。

2養老令　藤原不比等らによって養老二年（七一八）に制定されたとする国家の基本法典である養老律令の一部。律は刑罰についての規定、令は政治・経済など一般行政に関する規定。

3僧尼令　仏教教団の僧尼を統制する法令。

弘長二年（一二六二）、親鸞は九十歳で京で亡くなった。そのことを知らせてきた京の娘覚信尼への返信のなかで恵信尼（下図参照）は夫親鸞の姿を夢に見たと記していた。

あるお堂の前方に二体の仏の像がかけてありました。一体はただ光ばかり、一体はまさしく仏のお顔であられました。「これは何という仏様でしょうか」という私の問いに見知らぬ人が答えてくださいました。「あのお光は法然上人、ご本体は勢至《せいし》菩薩*4、もう一体は観音菩薩、善信（親鸞の別名）の御坊ですよ」と教えられたとたんに目がさめました。

恵信尼には、法然と親鸞が阿弥陀の両脇侍《わきじ》の観音・勢至に見えたのであった。彼女にとってまさに夫親鸞は観世音菩薩であり、親鸞にとっては、恵信尼は京の六角堂の夢に出現し、生涯つれそうと約束された救世観音*5だったのである。

女人の救済について、師の法然は唐の善導の説を引用して、阿弥陀を信じるなら臨終の際に「女身を転じて男子となることができ、弥陀が手をさしの

4勢至菩薩・観音菩薩　阿弥陀三尊の脇侍。勢至菩薩は智慧の光で人々を迷いや苦しみから救うとされる仏。観音菩薩は人々の音声を判断して苦悩から救済する仏。

5救世観音　観音の別名とされるが、異なる仏とする説もある。参照42ページ注。

恵信尼像　龍谷大学

べ、観音が介助して往生できる」と説いていた。天台宗が重視する『法華経』の「提婆達多品《だいばだったほん》」に説かれ、当時の日本仏教界にひろまっていた「変成男子《へんじょうなんし》」*1論である。

親鸞もこの師の考えに従って、弥陀の大願によって女性は男子に変わり往生できるとしていた。

法然の、そして親鸞の偉大さは、このような文書にのこされた公的な教理をはるかに超えて、行動そのもので、女人救済、女性往生を実現したことであった。

1変成男子論　参照44ページ注。

大地

配所越後での親鸞の生活はきびしいものであった。妻の恵信尼はのちにそのころを回想して、京の娘へ送った手紙に、次のようにのべている。

この越後の国では、昨年の農作物の出来が大変悪く、想像を超えたすさまじさでした。とても生きていけそうにはありませんでしたので、私どもも住居を移しました。この凶作は一箇所だけではなく、子どもをあずかってくれていた益方《ますかた》*2（新潟県中頸城郡）はもちろん、頼みにしている方々の領土もみなこんな有様でした。そのうえ、この数年来働いてくれていた下人も、男二人が正月にいなくなりました。こうなっては米や野菜を作るすべもなく、ますます生活はきびしかったのですが、いつまで生きようという願望もない身ですから、日々の生活が不安というわけでもありません。

この書簡からも分かるように、親鸞一家は作男《さくおとこ》をやとって土地を耕し、自給自足の生活を送っていた。しかし、凶作で作男たちにも逃げられるという悲惨な経験もかさねなければならなかった。大家族をかかえて途方にくれることもあったはずであるが、妻の恵信尼はもちまえのけなげさで乗りきっていた。

このような農耕中心の生活のなかで、親鸞は作物をはぐくむ大地の力を信仰する農民の心情を理解するようになった。大地は作物を生む母であり、また恵みをもたらす山でもあり、樹木としても現われ、川や海でもある。

*2益方　新潟県中頸城郡板倉町。ここに預けられた子の有房は、法名を道性、益方大夫入道と号した。

親鸞が五年におよぶ越後流罪から許されたのは三十九歳の建暦元年（一二一一）であった。同時に法然も帰京を許され、法然は京にもどったが、翌年に亡くなっている。この敬愛する師の死も理由となって、親鸞はすぐに京にはもどらず、なおも越後・東国に止まりつづけた。

親鸞は四十二歳になった建保二年（一二一四）、家族を伴って越後を離れ、常陸《ひたち》に移住した。越後の布教を終え、浄土教の教えをさらに関東にひろげようと考えたのであろう。それより先、治承三年（一一七九）に消失した信州の善光寺再建のための勧進が目的であったともいわれている。おそらく両方のねらいがあったのだ。

常陸に入った親鸞の住んだ場所が現在の茨城県下妻《しもつま》市小島であった。

その地に小島草庵という親鸞ゆかりの遺跡がいまにのこっている。大きな銀杏《いちょう》がそこにそびえている。親鸞手植えといわれ、枝が北へ向って延びているのは親鸞がのちにここから去った笠間市稲田《いなだ》の方向を慕っているからだと伝えられている。そこから「稲田恋しの銀杏」ともよばれている。

この大木が、真実、親鸞手植えかどうかはいまからでは確かめようがない。しかし、そのように伝えてこの木を大切に育てた土地の人たちにとって、親鸞の説く浄土信仰が日本人の古来神とあがめる樹木にも親しみを感じるような教えであったことは確実である。ここにも日本人の伝統的民衆信仰に共感するような親鸞の教義と宗派の特色をみることができる。

親鸞一家が次に移った常陸国稲田（現在の茨城県笠間市）は出雲神話にスサノオの妻として登場するクシナダ姫を祀る稲田神社の門前町として栄えた土地であった。親鸞の弟子であり、親鸞の有力な後援者でもあった宇都宮頼綱《よりつな》*[1]の領地であった。頼綱の招きでここに移った親鸞は京都へもどるまでの二十年余りをこの地に過ごした。親鸞の住んだ稲田草庵跡には現在西念寺という浄土真宗の寺が建立されており、ここにも親鸞の樹木伝説が伝えられている。

その一つは親鸞手植えの「お葉つき銀杏《いちょう》」、一つは親鸞が大地に突きたてた杖に根が生え、大木の杉になったという「お杖杉」である。この杉はのちに焼失し、幹だけが大切にいまに保存されている。

親鸞の一家が移り住んだ常陸の国は、どこからでも神の山として崇拝される筑波山をのぞむことができる。親鸞はこの名峰に何度も登山しており、幾つかの伝説がのこされている。

1宇都宮頼綱　鎌倉時代の武将、歌人。下野宇都宮の豪族。法然の弟子となって出家し蓮生と名乗る。

筑波山の雄峰《おみね》の男体山頂上近くに「餓鬼済度の旧跡」（下図参照）という遺跡がある。

ある日、筑波山に登った親鸞の夢に、巌窟のなかに住む食物に飢えた多数の餓鬼たちが出現し、助けて欲しいと懇願した。親鸞が二日二夜念仏を唱えると、餓鬼たちはまず水が呑めるようになり、さらにもう一日念仏を唱えるとすべて成仏した。

この伝説もまた仏教と日本の民衆信仰のみごとな一致であり、結果として、のちに浄土真宗とよばれた親鸞の浄土教の本質をじつによく示している。

餓鬼はいうまでもなく仏教教義中の存在である。親鸞も『教行信証』で、中国の宋代の神智《じんち》法師*1のことばを引用して「つねに飢えているものを餓といい、死人が鬼である」と説明していた。死者で子孫の供養をうけることがなく、いつも飢えているものが餓鬼である。餓鬼は六道《ろくどう》または六趣《ろくしゅ》*2ともよばれる輪廻の世界の一つ餓鬼道に住んでいる。厳密にいえば、そこは筑波山「餓鬼済度の旧跡」のような山中の洞窟ではない。

山中の洞窟は日本の民衆信仰で死者の集まる場所である。死者はこの洞窟で先祖の霊に出逢い、その力と大地母神の助けによって再生する。しかし、

筑波山雄峰餓鬼済度の旧跡

1神智法師　中国北宋の天台宗の僧。

2六道・六趣　参照29ページ注。

仏教の浄土信仰が普及すると、信者は僧侶に導かれて山中の洞窟に入り、そこから仏の力によって再生するという信仰に変化していった。のちに詳述する（「日本人の地獄と極楽」117ページ）愛知県の「白山《しらやま》入り」*3、富山県の「布橋《ぬのはし》大灌頂《だいかんじょう》」*4などの民俗行事はまさに仏教信仰の民俗化であった。伝統的な山中洞窟での再生信仰と仏教の救済との融合である。

また、すでにのべたように（「四度の夢告」）、この山中洞窟再生の信仰は修験道の山中修行とも結合し、〈胎内くぐり〉の場所を各地の山の中に出現させた。胎内くぐりは、人がくぐりぬけることで再生を果たす岩場である。

筑波山は古代から神の山として信仰対象になってきた。奈良時代の『萬葉集』には筑波の歌二十五首が載せられ、常陸国を代表する山として親しまれていた。二つの峰の並ぶ山の形態から、男女二柱の祖神が祀られた。筑波山神社である。その後、皇室の祖神を「イザナギの神、イザナミの神」と日本神話に伝えることから、筑波の大神も「イザナギ、イザナミ両神」と信じられてきた。いまも山頂にはイザナギを祀る男体山本殿とイザナミを祭神とする女体山本殿があり、中腹に壮麗な拝殿がある。また胎内くぐりの巨大な岩場も山中に実在する。

3白山入り　愛知県北設楽郡豊根村の年末の花祭りで演じられた儀礼。あの世である白山とよばれる仮の山に籠り、生まれかわってこの世に誕生する再生の儀礼。「浄土入り」ともいう。

4布橋大灌頂　富山県立山町芦峅寺（あしくらじ）の民俗行事。布を敷いた橋を渡り、姥うば堂内で念仏を唱え、再び布橋を無事に渡り切ると、再生すると信じられている。

筑波山神社は第十代崇神天皇の時代に創建されたといわれている。親鸞はこの筑波山神社に参拝し、餓鬼済度の伝説を生んだのである。そこには、日本の伝統的山岳信仰と仏教の地獄観のみごとな融合があった。

これまでみてきたように、親鸞は越後や東北で地方の民衆と生活を共にし、彼らが神として崇めてきた太陽・女性（大地母神）・大地についてふかく学び、実感することになった。この体験を通して、親鸞は阿弥陀信仰とこの三神に代表される民衆信仰との融和こそが、みずからの信奉する浄土教を民衆に定着させる最重要課題であることを痛感させられたのであった。

七不思議

私が新潟市から六歳のときに移り住んだ新潟県の新発田《しばた》市のすぐ近く、阿賀野市保田《やすだ》に、三度栗《さんどぐり》という伝説がある。私もよく耳にし、見学に訪れたこともある。中学・高校時代、この地から通ってくる同級生たちも多くいた。

親鸞が保田の里を布教していたときのことであった。里人のささげた焼き栗を土にまいて仏縁を説いたところ、芽が出て大きくなり、一年に三度実をつけ、一枚の葉の先が二枚に分かれて成長したという。当時の木は枯れたが、いまでも孝順寺という浄土真宗の寺の境内に若木がそだち、一年に三度実をつけている。

このほかにも越後の親鸞には以下のような不思議な伝説がのこされている。

逆さ竹　新潟市西方寺《さいほうじ》
片葉の葦　上越市居多神社
繋ぎ榧《かや》　南蒲原郡了玄寺
数珠掛《じゅずかけ》櫻　阿賀野市梅護寺《ばいごじ》
八房《やつぶさ》の梅　阿賀野市梅護寺
山田の焼鮒《やきふな》　新潟市田代《たしろ》家

逆さ竹は、親鸞が竹の杖を地面にさすと根が生え、枝が逆さまについたという話である。片葉の葦は、親鸞が居多神社に参拝すると境内に生えていた葦がすべて片葉になったという伝説。繋ぎ榧は、糸でつないだカヤの実の一粒を親鸞が土に埋めると小さな穴の開いた実がなったという話であり、数珠掛櫻は、親鸞が櫻の枝に数珠《じゅず》をかけて教えを説くと、花が数珠のようにつながって咲くようになったという。

また、塩につけた梅を親鸞が植えると芽が出て、一つの花に八つの実を結ぶ木になったという話が八房の梅である。あるとき、食事に出た焼いた鮒を親鸞が池に放したところ、鮒が泳ぎだしたという伝説が、新潟市山田の焼鮒である。

この七不思議が、親鸞の教えとどのような関わりを持っているのか。それがここで考えてみたい問題である。

この種の名僧・英雄の伝説はどのようにして発生し、どのような意味を持っているのであろうか。三つの見方をあげて検討してみよう。

一つめ。

親鸞七不思議は親鸞独自の伝説である。

あきらかに違う。

親鸞七不思議は越後の七不思議ともよばれるように、親鸞の越後配流時代の布教行為にかかわる伝説とされている。しかし、七不思議という名でよばれる伝説はよく知られるように日本の各地に存在する。しかも、名僧の行動にむすびついた伝説も、聖徳太子、弘法大師、法然、道元、日蓮などの名を冠して伝えられている。

さらに、それらの伝説には親鸞の七不思議と同一のものもすくなくない。たとえば三度栗の伝説は、静岡県、高知県、岡山県などにもあり、静岡、高知の伝説は弘法大師とむすびつけられている。また逆さ竹の伝説は日蓮の行動にむすびつけられて山梨県にもある。焼鮒のような一見きわめてユニークな伝説ですら、じつは類似の伝説が親鸞以外の歴史上の人物、権現公《ごんげんこう》徳川家康の名でべつに伝えられている。

さらに、八房の梅は、奇蹟でも不思議でもなく、梅の品種の一つにすぎないことがあきらかになっている。

二つめ。

親鸞の七不思議は後世の作為であって越後時代の親鸞の布教とは無関係である。

これも違う。

このような七不思議が伝えられたことには親鸞の教えを考えるうえで重要なヒントがある。

たとえば、聖徳太子に関する法隆寺の七不思議の伝説は、次の七つである。

1　法隆寺は蜘蛛が巣をかけない。

2　南大門の前に鯛石とよばれる大きな石がある。

3　五重塔のうえに鎌がささっている。

4　不思議な伏蔵《ふくぞう》（かくされた蔵）がある。

5　法隆寺の蛙には片目がない。

6　夢殿の礼盤《らいばん》（坊さんがすわる高座）は下に汗をかいている。

7　雨だれが穴をあけるはずの地面に穴があかない。

次は茨城県つくば市の泊崎《はっさき》大師堂に伝わる弘法の七不思議である。この地を訪れた弘法大師にまつわるいい伝えが弘法の七不思議として現在に語りつがれている。

1　駒の足跡　馬に乗って弘法がこの地を訪れ、小川の石橋を渡ったときに、馬のひづめの跡が石にのこった。

2　木瓜《ぼけ》　弘法がこの地を訪れたときに通った参道の木瓜は、その後実をつけなくなった。

3　逆さ松　弘法がこの地を訪れたとき、持ってきた松の杖を挿したものが根づいた。

4　硯水《すずりみず》　弘法が字を書くのに湧水を使って墨をすった。その湧水を使って字を練習すると上達する。

5　独鈷藤《とっこ》　弘法大師堂地内にあった藤の節々が、独鈷に似ている。

6　五葉の杉　弘法大師堂地内にあった杉の葉が五枚の葉を付けていた。

7　法越《のっこし》　弘法がこの地で千座護摩の行《ぎょう》を修めた後、ほかの地へ行くため馬に乗って川を渡った場所が法越と名づけられ、法越には藻が生えなかった。

次は岡山県久米南町《くめなんちょう》の法然上人誕生寺に伝えられる七不思議である。

1　逆木の公孫木　法然がこの地を旅立つとき、杖にしていたイチョウをさしたところ逆さに根づいたという。

2　御影堂《みえいどう》の宝珠　御影堂の宝珠は極楽浄土の象徴である。

3　秦氏君《はたしのきみ》の手鏡　法然の母が別れを悲しみ流した涙の跡がそのままにのこっている。

4　石仏《いしぼとけ》大師　天正年間に川から本尊（法然）に似た形の石仏が発見された。

5　黒焦げの頭《かしら》　浪花の文楽座で火事があったとき、法然上人の文楽人形の顔の部分だけが焼けなかった。

6　椋《むく》の御影《みかげ》　法然が生まれたとき白旗が飛んできてムクノキに掛かり、そのムクノキが枯れたとき、法然のお姿が天に登った。

7　人肌のすりこぎ　法然が旅立つとき、母に与えたすりこぎに、法然の肌のぬくもりがのこっている。

このような親鸞以外の高僧たちゆかりの七不思議と比較すると、親鸞の七不思議の特質がはっきりみえてくる。親鸞以外の高僧の伝説には、すでに組織化され、確立した宗派の建造物や物品に関する伝説が多いのに対し、親鸞の七不思議は地方の民衆に布教してまわったころの、初々しい成立期の宗派の祖の面影を示している。

親鸞の伝説は、すべて彼が教えを説いていた際に、その教化が、人間以外の動植物を共感・感動させて起こっている奇蹟であり、不思議である。この点で注目される伝説が弘法の七不思議である。弘法の伝説も多くは布教にかかわり、植物の不思議が多数を占めている。

他宗の僧の不思議が、全体としては《物《もの》》にかかわる現象が多いのに対し親鸞の不思議はすべて動植物、ことに植物に多くかかわっている。親鸞の教えが一種の汎神論*1、私の表現を使えば神仏一体・一如《いちにょ》であった事実の一つの証明といえるであろう。

三つめ。

1 **汎神論** すべての存在に神性が宿っている、または一切が神そのものである、とする考え。

親鸞の伝説は東国にものこされているが越後の七不思議と違いはあるのか。

違いがある。

親鸞の越後滞在は三十五歳から四十二歳までの足掛け七年であった。それに対し、常陸を中心とする東国滞在は六十三歳のころに上京するまでの二十年以上におよんでいた。二倍以上の長期を過ごした東国にも親鸞伝説はのこされているが、越後の七不思議とかなり性格が違ってきている。

下妻市小島　稲田恋しの銀杏

笠間市稲田　お葉つき銀杏　お杉杖　蒲原の井

筑波山　餓鬼済度の旧跡

水戸市報仏寺　血染めの親鸞自筆名号

太田市枕石寺《ちんせきじ》　親鸞の枕石

真岡市専修寺《せんじゅじ》　明星太子出現

鉾田市無量寿寺　女人成仏御経石塚

越後の七不思議と違う点は、樹木を中心とした自然伝説が初期の二箇所だけで消え、代わって親鸞の教化力の深化、ひろがりを示す伝説が増えたことである。餓鬼済度の旧跡についてはまえにも説明した。そのほかもすべて親鸞の超人性、隔絶した宗教能力を語っている。しかも、その伝説を伝えた、その地の浄土真宗寺院建立の起源伝説ともなっている。

神話や伝説は、自然に発生して民衆にひろまるものではなく、多くの場合に、その物語を目的を持って作成し、普及させた人たちが存在するのだということを、はっきりと示す親鸞の東国時代の伝説群であった。

成長する親鸞

親鸞の信仰はつねに変化し、深化していった。このことを理解しないと親鸞の宗教体系の全体像をとらえることはできない。親鸞の思想は、固定された建造物として把握するのではなく、成長発展をつづけた生命体として理解しなければならない。

さきの「七不思議」の章で親鸞の伝説が越後時代と東国時代で違っていたことを指摘した。越後時代の七不思議は動植物、ことに植物と結びついた伝説が多く、親鸞の教えに植物が感応していた。その伝説が東国在住時代には変わってきて、神仏までが親鸞に感応し、親鸞は阿弥陀そのものとみなされるようになっていた。

次は茨城県常陸太田市の枕石寺《ちんせきじ》の寺号の由来となった伝説である。

罪を得てこの地に流されていた武士・日野左衛門尉《さえもんのじょう》頼秋*1が自暴自棄になって酒をあおっていた雪の夜、親鸞が二人の弟子とともに宿をもとめて訪ねてきた。頼秋はすげなく断わった。雪が降り積もって動けなくなった親鸞たちは仕方なく、日野の屋敷のまえで石を枕にして眠ることにした。

その夜、頼秋の夢に観音菩薩が現われ、門前に阿弥陀様がおいでになるから教えを受けるようにと告げた。驚いた頼秋が門前に出ると石を枕に念

1日野左衛門尉頼秋　京都日野の生まれ。勅勘により常陸国大門の里に流罪となり、その地に住み着いた。

仏を唱える親鸞の姿があった。

後悔した頼秋は一行を招き入れて親鸞の教えを聞き、そののち弟子になり、入西坊道円《にゅうさいぼうどうえん》という名をもらった。さらに屋敷を寺に改めたのが枕石寺だという。寺には親鸞が枕にした「御枕石《おまくらいし》」が伝来している。

親鸞は、この伝説では観音菩薩でさえうやまう阿弥陀如来の化身となっていた。親鸞の超人性、感化力が越後の七不思議などと比較して一段と進んでいる。

もう一話紹介しよう。栃木県真岡《もおか》市高田の専修寺《せんじゅじ》建立にかかわる伝説である。

布教のために下野国へ訪れた親鸞は宿がないためにやむなく水田の脇の石の上にうずくまって眠った。そのとき明星太子《みょうじょう》が現われ、「この地に寺を建てよ」と告げた。水田に寺が建つのかと心配しながら眼をさますと、水田が高台になっていた。それ以降、その辺りは「高田」とよばれるようになり、そこに建てられた寺が親鸞じしんで建てた唯一の寺の高田専修寺である。

現在、三重県津市に中世末に建立された専修寺《せんじゅじ》を本山、下野の専修寺は本寺とよばれ、ともに真宗高田派の拠点となっている。

この伝説に出現する明星太子は、明けの明星を神格化した神で虚空蔵《こくうぞう》菩薩と同一体とされている。まさに親鸞の神仏融合の教えそのものの存在であった。

この二つの伝説を検討しても親鸞の信仰がけっして固定してはおらず、不断に変化し成長していたことが分かる。

伝説はもちろん事実ではない。しかし、その伝説を生みだした分厚い伝承の地盤を考慮するときには、事実以上の真実を伝えているのである。

浄土真宗高田派本山専修寺
『親鸞展　生涯とゆかりの名宝』二〇一一年

必然の悪

地方の布教活動を体験したのちの親鸞の悪人観はどのように変化したので

あろうか。

親鸞の地方における布教活動が、彼の思想形成に大きな意味を持ったことはすでに多くの親鸞研究者が指摘している。その先駆者の一人、明治の社会運動家木下尚江《なおえ》[*1]は、明治四十四年の著作『法然と親鸞』で、

東夷に対する京人の思想其のものが、一片の空想の傲慢《ごうまん》に過ぎないことを理解した彼は、故郷の人のため、日夜に愛憐の涙を絞った。いまや彼は京人の味方でも無い。鎌倉の味方でも無い。彼は此の悩める一切衆生の味方である。

とのべている。

親鸞が、地方の生活で、京で見なれた人たちとは違う農民、漁師、山人、武士などの生き方に接してつよい関心を持ち、彼らの救済のための宗教のあり方を探求したという指摘は的を射ている。『教行信証』をはじめ、親鸞の主要著書のほとんどすべてが、親鸞の地方在住時代かそれ以降の晩年に書かれていた。このことは、親鸞の説く教義体系に地方体験があたえた影響の大

1 **木下尚江**　明治から昭和にかけて活躍した社会運動家。日露戦争に反対し、キリスト教社会主義を唱えるなどした。『法然と親鸞』は明治四十四年（一九一一）刊行。

きさを推察させる。
親鸞は、すでにみた六角堂夢告体験からもあきらかなように、日本の伝統的な他界観、神霊観にふかい関心を持ち、また無意識のうちにも惹《ひ》かれる精神傾向を持っていた。その精神傾向にさらにつよく働きかけた地方体験であった。
親鸞は『教行信証』でくりかえし悪人について論じている。弟子の、五逆十悪の悪人は地獄に堕ちるのではないか、という質問に答えていう。

千年のあいだ暗闇にいたとしても、光がもし差しこめばすぐに明るくなるようなものである。

たとえ五逆《ごぎゃく》・十悪《じゅうあく》*1を犯したような極悪人であっても阿弥陀を念じた瞬間に救済されるという、親鸞のことばである。この親鸞の思想は、まさに師の法然が説く教えとみごとに一致していた。
このように師の考えにすなおに従っていた段階から、親鸞はさらに一歩をすすめた。

*1 十悪　身・口・意の三業（さんごう）がつくる十種の罪悪。

衆生が現世で悪を犯すことは、いわば天候の変化と同じく避けがたいことであるが、諸仏が念仏をすすめて浄土に救済するといいきる。濁った世に生きる衆生にとって悪は「もし」「たとえ」などのことばをかぶせる偶然ではなく、必然なのである。

親鸞は『三帖和讃』*2中の「浄土高僧和讃」でいう。

　この濁った現世で犯す罪は、まさに暴風や駛《しゅう》雨にことならない。

悪はこの濁世の人間にとっては自然現象の暴風やにわか雨のような必然であり、無数の諸仏が憐れんで救済してくださる。必然であるからこそ、「善人なおもって往生をとぐ。いわんや悪人をや」という親鸞の教えが生まれてくるのである。

その悪は、特定の身分や職業の人の悪でもなく、末法の世の人の悪でもなく、もちろん、人間存在そのものの本質などでもない（「親鸞の悪人」16ページ）。この濁った世、きびしい自然環境のなかを必死に生きていく人たちが生きるために犯さざるをえないありとあらゆる悪である。悪を犯すことこそが人間

2 三帖和讃　参照「宗門テキストの選定―『正信念仏偈』と『三帖和讃』―」（232ページ）。

の生きている証明なのである。

地方で布教活動をすすめた親鸞は、京では経験できない過酷な自然環境に生きる貧しい人たちを見て、人間の悪についての思索を格段にふかめることができたのであった。その悪は、生きようとする人間が、生きるために犯す必然の悪である。そのはてに「悪人往生」の思想にたどりつくのである。親鸞の悪人観は往生の思想と一体化して革命的思想となったのである。

神仏一如

私はこれまで親鸞の浄土教が日本の伝統的な民衆信仰と融合することによって日本人に受容され、ひろく信者を獲得することができたという視点から論を展開してきた。そして、親鸞その人は敬神の念に篤く、日本の民衆の神の信仰にふかい理解と敬意をはらった人であったと主張してきた。

しかし、この私の親鸞観は、誤った考えのように受けとられかねない問題をはらんでいる。阿弥陀への専修の信仰を説いた法然、親鸞らの浄土教教祖たちは、阿弥陀以外の日本の神々への信仰を認めなかったのではないかという、当然の疑問が生じる。

たとえば、次のような考え方である。

古代の日本に儒教や仏教が伝来したとき、日本人はそれらの外来宗教が日本固有の神祇信仰と両立できないことに気づかず、神仏習合、本地垂迹などの説を生んだ。しかし、その違いに注意するものが現われ、相互に批判しあうようになった。そのなかから、法然が阿弥陀以外の仏菩薩・神祇の信仰を否定し、親鸞はさらにその方向をつよく推進して、多くの経典を引用して、阿弥陀以外の仏菩薩や天神地祇の信仰を禁じる論拠をあきらかにした。

ここでは、法然や親鸞の阿弥陀信仰を、当時の仏教界の仏と神を融合させようとする本地垂迹《ほんぢすいじゃく》や神仏習合《しんぶつしゅうごう》の動きと峻別している。この論旨は、私のこれまでの立論とは対立した見方を提示している。親鸞が、阿弥陀信仰以外の仏菩薩や神祇の信仰を禁じたというのである。

いずれが正しいのであろうか。

この考えを二つの論点から検討する。一つは、親鸞の著作中のことばからの判断。二つは、親鸞の後輩ともいうべき浄土僧の一遍《いっぺん》や、親鸞の直系の子孫である本願寺八世の蓮如《れんにょ》が、親鸞と同様に、敬虔な神祇信仰者であったということ。

第一の論点から検討する。

親鸞は代表作『教行信証』の「化身土巻《けしんどかん》」の終末部分で次のようにいっている。たしかに、誤解をまねきやすい表現である。

　世間の邪悪・外道《げどう》や、奇怪の言動で世人を惑わす者の妄言を信じて災いをまねく。おそらく心が正しくないのである。占いで災いをおこし、多くの人々を死にいたらしめる。神明に祈願して、もろもろの妖鬼をよびだし、福をまねき、長生きを期待して、ついに得ることができない。

この親鸞のことばは、これだけを抜きだせば、日本の民間の神信仰や巫女《ふじょ》の呪術の類をきびしく糾弾しているように読める。しかし、じつは、そのまえに、外道、悪魔、鬼神などに帰依することを戒めた中国経典の引用が連続する叙述のなかにこの文は出てきている。右の親鸞のことばは、直前に引用された『本願薬師経《ほんがくやくしきょう》』*1から抜いた文で、日本の神々とは異質なインド、中国などの外国の神々をさしている。

『教行信証』の成立については明治以来多くの学者の議論と対立があった。しかし、その原型が親鸞の常陸在住時代に書きあげられたことは現在の定説となっている。下総の国報恩寺に伝えられた、いわゆる坂東本*2が親鸞自筆の再稿本であり、そのもとになった原本は親鸞が東国在住の五十歳代に成立していた。

この書に引用されている、おびただしい数量の中国や日本の経典については、親鸞が稲田神社や鹿島《かしま》神宮に通いつめ、そこに所蔵されていた文献を利用したということもすでに指摘されている。

ことに鹿島神宮に当時存在した経蔵には多量の仏典が所蔵されており、地方にあって参考文献の直接入手が困難であった親鸞が、『教行信証』原型本の執筆にそれらを利用していたとする説には説得力がある。鹿島神宮境内には親鸞ゆかりの遺跡も保存されている。このような成立過程からみても、親

1本願薬師経　正式には『薬師瑠璃光如来経』。大乗仏教の薬師如来（薬師瑠璃光如来）に関する代表的な経典。

2坂東本　『教行信証』諸本のうち坂東報恩寺（東京都台東区）を経て、東本願寺が所蔵する真筆本。

親鸞が通った鹿島神宮

鸞が『教行信証』で日本の神々への信仰を禁じたとは考えられない。

親鸞が神信仰を認めなかったという考えが成りたつためには、越後から常陸にかけての地方の神社にのこされている親鸞参拝のおびただしい足跡を、すべて後世の虚構として消し去る必要がある。

さらに、『教行信証』以外の親鸞の著書をみてみよう。『三帖和讃』の「現世の利益《りやく》和讃」で親鸞は、「天神地祇はことごとく善鬼神と名づけたり　これらの善神みなともに念仏のひとをまもるなり」とうたっていた。「現世の利益」つまり念仏信者が受ける現世の加護という和讃の題名からも、この念仏の人を守る天神地祇は、日本の神々をさしている。

さらに、親鸞の肉声に耳をかたむけてみよう。晩年の京の親鸞が関東の念仏信者に宛てた手紙である。


仏法をふかく信じる人をば、天地におわしますよろずの神が、影の形に添うように、守ってくださいますので、天地の神をお捨て申すということは、けっしてあってはならないことです。

ここでも念仏を信じる人たちを、天地の神々が守ってくださると、『三帖和讃』と同趣旨をのべている。

第二の視点は、親鸞に遅れて、同じ浄土信仰の道を歩んだ浄土門の僧たちが、日本の神々の敬虔な信仰者であったという事実である。

まず、時宗の一遍。

一遍は、のちに検討するように（「源信・法然・親鸞・一遍——浄土四聖人——」186ページ）、多くの点で親鸞とは違った教義を奉じ、唱えていた。ただ、日本の神々に対するふかい信仰の念は、親鸞と同一であり、親鸞同様に日本各地の神社に参詣し、記録にのこしていた。彼は、三十五歳のときに熊野神宮に参籠《さんろう》し、熊野権現の示現《じげん》によって、阿弥陀如来の名号自体に救済の力があるという彼の信仰の根本を確立していた。一遍にとって神と仏は同じ信仰の対象であり、まさに一如、一体であった。

同じことは蓮如にもいえる。

蓮如の教えには親鸞のことばが随所に引用されている。純粋に教義の確立につとめた親鸞とはまったく違う時代環境を生きた蓮如には、当然ながら、親鸞の思想をそのままに継承した部分と、変更をくわえた部分とがある。しかし、親鸞の重要な根幹となる思想は大切に守っていた（「蓮如の経営戦略」236ページ）。

蓮如も親鸞同様に日本の神々を信仰し、彼の教えをのべた書簡『御文《おふみ》』でその情を吐露していた。蓮如は、明確な仏本地神垂迹の理論を奉じており、日本の神々は、阿弥陀が衆生を仏教に帰依させるためにかりの姿で出現した存在であると説いていた。「日本の衆生にとって、仏菩薩は多少近付きにくいところがあるので、かりに方便《ほうべん》の神明《しんめい》となって出現し、衆生と縁を結ぶのである」（文明七年）と説明している。

仏教徒による神仏習合の教義化は、中世にふかく、つよく推進されていて、奈良、平安、鎌倉の各時代成立の多くの宗派がきそってその方向に向っていた。なかでも、親鸞の浄土の教えは、それまでの神仏習合、本地垂迹など、本来は異質な神と仏の融合をはかった一般的な論の展開を超えて、まさに《神仏一如《いちにょ》》の境地に達していた。阿弥陀信仰は、そして日本人の伝統的人間観は、古今東西の神仏の対立を超える、という認識が親鸞の最後に到達した思想であった。本書でこれから慎重に導きだそうとしている結論でもある。

IV

深まる親鸞の信仰

——日本人の人間観の認識——

地獄と二つの浄土

親鸞の信仰は深まっていった。彼は独自の浄土思想の形成に向かい、師の法然と違う道を選択しはじめた。たとえば地獄観や浄土観である。

法然は源信の『往生要集』に描写された地獄をそのままに受けつぎ、閻魔の庁や閻魔王の存在を信じ（三部経大意）、六道、三途《さんず》を説き（無量寿経釈）、大地獄・等活《とうかつ》地獄・衆合《しゅごう》地獄などの種類に言及していた（無量寿経釈）。

親鸞も地獄の存在は説いていた。

法然聖人《ほうねんしょうにん》にすかされ参らせて、念仏して地獄におちたりとも、さらに後悔すべからず候。（『歎異抄』）

師の法然に騙されて念仏して地獄におちてもけっして後悔はしない。よく知られている親鸞のことばである。親鸞は、自分にとって「地獄は一定《いちじょう》すみかぞかし」（『歎異抄』）、つまり、かならず行く住処であるとものべていた。三途《さんず》についても親鸞は随所でふれている。阿弥陀の光は「三途の黒闇ひらくなり」（「讃阿弥陀仏偈和讃」＊1）という。

しかし、親鸞は、他力の信心に欠けていて、たとえかりの浄土に生まれたとしても、阿弥陀を信じた瞬間に真実の浄土に生まれることができる、と教えることによって、結果として地獄の恐怖を和らげ、事実として地獄の存在を否定することになった。『歎異抄』から引く。

信心の不足した行者は、阿弥陀の本願を疑うから、かりの浄土に生まれ、疑いの罪をつぐなったのち、真実の浄土に往生する悟りを開くと聞いております。

ここに出てくる「かりの浄土」は原文では「辺地《へんち》」「化土《けど》」と表現されている。真実の浄土のほとり（辺地）にあるかりの浄土（化土）である。「かりの浄土」は、本来なら地獄におちることになるはずの、真実の信心のない人のために用意された「方便の浄土」である。これに対する「真実の浄土」は、

1 讃阿弥陀仏偈和讃　親鸞作の和讃四十八種。

「報土《ほうど》」「真土《しんど》」と表現されていた。この二種の浄土を区別したところにも親鸞の思想の独自性がある。親鸞は、弥陀の眼力を疑って他力を頼む心の欠いている人間は、「辺地の生」を受けることになるという。

そして、源信が『往生要集』で強調した西方浄土をも方便の浄土とし、当時の人々が極楽図や阿弥陀仏の像を通して感覚的に思い描いた方便の浄土と、真の浄土とを明確に区別したのであった。

親鸞は二つの浄土についてては『教行信証』でもくわしく論じている。

真実の浄土についてては

虚空《こくう》のごとし、広大にして辺際《へんざい》なし

とのべ、色も形もなく、虚空のように広大で限りのない空間であることを強調していた。おそらく『教行信証』の増補改訂をくり返すなかで到達した思想である。

親鸞の生涯で阿弥陀の木像や絵画を作成した事実がなく、拝礼の対象としては、阿弥陀の名号の文字に止まっていたことは、この信念に基づいていたのであった。

仏教一般の極楽

親鸞の浄土観の独自性を理解するために、親鸞以外の仏教の教義に説かれる極楽と浄土についてみておこう。色も香もなく虚空で広大無辺と説いた親鸞の浄土とはいかに違っていたか、実感していただきたい。

極楽については各種の経典類に詳細な説明がある。ここでは、日本の極楽観形成の手本となった中国の経典類から引用する。

《衣》

極楽世界の衆生は着たいと思うだけで、美妙・荘厳な衣服をいくらでも身につけることができる。衣服は裁縫しなくとも自然に身体に適合し、染色も洗濯も要らない（無量寿経）。

極楽世界には、無限の量と種類の高尚で美しい衣服、宝冠、首飾り、耳飾り、腰飾り、髪飾り、および各種の宝玉などが存在する。百千種の美妙な模様の衣服と装飾が自然に身につく（大阿弥陀経）＊1。

《食》

極楽世界の衆生が食事をするとき、各人のまえに自然に七種の宝玉のちりばめられた鉢が現われ、自然に百種の味の飲食が充満する。食べ終わったのち、容貌は輝き、体力や気力は充実するが、大小便はない。心身は柔軟となり、美味をむさぼることはない（無量寿荘厳清浄平等覚経）＊2。

極楽世界（下図参照）の飲食は現世の飲食と同じ味わいではない。もろもろの天界の飲食にも勝って美味であり、自然に生じるすぐれた品で、その香りと味わいは比べる物がない（無量寿荘厳清浄平等覚経）。

鉢のなかに充満した百種の味覚の飲食の酸味・塩味・甘味などは望みのままである。美味の飲食は欠乏することなく、しかも量が食べきれないほど増えることもない。食べ終わったあとに食物がのこることはない。食物の美しさ、香気は自然に満足するまで生じ、むさぼりすぎることがなく、心身はいつも爽快である（大阿弥陀経）。

1大阿弥陀経　『無量寿経』の異訳四経の一種。

2無量寿荘厳清浄平等覚経　複数ある『無量寿経』の異訳本を一つに編纂した経。

極楽世界七宝池と宝樹
18世紀チベット

《注》

極楽世界は、通常、瑠璃の地上に黄金が散在し、各種の宝物が生じる（弥陀疏鈔《みだそしょう》）＊3。

瑠璃の地を見ると内外に光を発して透明である。下に金剛七宝で飾られた金の幡《はた》が八本ある。その金の幡は百種の宝を生じ、一種の宝からは千条の光明を放出している。一条の光明は八万四千種の色彩をそなえ、瑠璃でできた地上に輝いている。さながらに千億の日輪のようである。瑠璃の地上は黄金の縄で仕切られ、七つの宝玉で境界が燦然と分けられる（観無量寿仏経）＊4。

極楽国土は清浄で広く平坦である。丘陵・坑道・雑草地・砂漠・土石山などはない（大乗無量寿荘厳経）＊5。

極楽国土には、大小の海、渓谷などの幽暗の場所は存在しない。ただ仏陀の力によって衆生が見たいと願えば、随時に大海、山谷などを見ることができる（無量寿経）。

極楽世界には数多くの美しい欄干が存在する。これらの欄干はすべて柔

3弥陀疏鈔　阿弥陀経疏鈔ともいう、『仏説阿弥陀経』の注釈書の一種。

4観無量寿仏経　善導が撰述した『観無量寿経』の別名。

5大乗無量寿荘厳経　『無量寿経』の宋代の訳。

軟な素材で、精緻な金銀・瑠璃・玻璃《はり》、各種の珍宝で造られている。欄干のうえには各種の装飾がほどこされ、その装飾からは妙《たえ》なる音楽が流れている（大本阿弥陀経）＊1。

中国の経典にはこの種の描写が延々とくりひろげられている。まさに利を説いて仏教への帰依をすすめているのである。この極楽観は日本へも伝来した。

源信の『往生要集』は冒頭からつづく八大地獄の描写が有名であり、強調されて引用されてきたが、じつは、「第一厭離穢土《おんりえど》」につづく「第二欣求浄土《ごんぐ》」は十章にわたって極楽の説明を展開している。

その描写は日本人の極楽観の骨格を造ったといえる。

地獄と同様に、源信じしんでさきに私の引用したような中国の膨大な経典類の要点を整理して、極楽浄土のすばらしさを描写している。

極楽浄土の衆生《しゅじょう》は、身体は金色で、内外ともに清浄である。常に光明を放って相互に照らしあっている。仏の外見の特色をすべてそなえ、端正、

1大本阿弥陀経　86ページ『大阿弥陀経』に同じ。

荘厳であってこの世の人間などとは比べようがない。

極楽浄土の衆生は五つの神力をそなえ、その精妙なはたらきははかりしれない。もし八方上下の十方世界の風景を見ようと欲するなら足を運ぶことなくすぐに見ることができ、十方界の声を聞こうと望めば座を立つことなくすぐに聞くことができる。過去の無量の衆生の生き方はいま聞くようにに声を聞くことができ、六道の衆生の心は鏡の像を見るようにあきらかに知ることができる。

かの世界は瑠璃をもって地とし、金の縄でその道を区切っている。地は平坦で高下がなく、広々として限りがない。輝きわたって奇麗清浄である。もろもろの美しい布を敷き、すべての人や天人はこれを踏んでいく。


描写がつづく。これらの極楽の説明が中国の経典を参照していることは両者を比較すると分かる。たとえば、「かの世界は瑠璃をもって地とし」以下の記述が、さきの中国経典の《住》の部の『観無量寿仏経』によっていることは、「瑠璃」「金の縄」などのことばの使用法から容易に推定される。しかも中国経典の直訳ではなく分かりやすくいいかえていることも両者の比較から納得される。

『往生要集』にも、極楽の食事、衣服の説明が出てくる。いずれも住人の意のままに出現するとしているが、中国経典ほど詳細でも露骨でもない。日本と中国の食文化の違いがこんなところに現われているのは興味深いことである。

法然は基本的にこの源信の極楽観を継承していた。源信を介して中国の極楽観を受け継いだといったほうが当たっている。

法然は浄土ということばと極楽ということばを併用し、浄土は荘厳であって西方に存在し、西方極楽とも表現される。

このような中国、日本の極楽観、浄土観を根底から変えてしまった人が親鸞だったのである。

親鸞は極楽ということばを使用せず、浄土に統一した。その方向は西方ではなく十方に遍在していた。浄土はただ空虚にひろがるだけで、全体を知るのは阿弥陀だけである。浄土には真実と方便の二種がある。これまで説かれてきた荘厳で華麗な浄土を、親鸞は、方便、かりの浄土と断定していた。

阿弥陀聖衆の来迎

親鸞の誠実な思索はとどまることがない。ついに浄土教の根本教則である阿弥陀の四十八願にまで到達した。四十八願の中核をなす、第十九、第二十二、第十八の三つの大願を親鸞がどのような論理で超克、変更したかをみてみよう。

日本の浄土教僧侶がほかの経典よりも特別に重視した三種の経典が「浄土三部経」である。『無量寿経《むりょうじゅきょう》』『観《かん》無量寿経』『阿弥陀経』の三部をいう。浄土教とは「浄土三部経」を信仰する仏教宗派である、と規定する研究者さえいる。いずれもインドの経典が中国で漢語に翻訳されて日本に伝えられた。

ほかにも阿弥陀信仰をうたった経典は多いのであるが、この三種を「浄土三部経」と名づけたのは法然であった。法然はこの三部経のなかでもとくに『無量寿経』を大切にした。

法然の理解は親鸞にうけつがれた。親鸞も『無量寿経』を特別に扱っている。『無量寿経』は頭に「大」「仏説」を冠してよばれることがある。親鸞は『大経《だいきょう》』『大本《だいほん》』『大願《だいがん》』などの略称で『教行信証』ほかにたびたび引用していた。

『無量寿経』の内容は伝来諸本によって多少の違いがあるが、法然や親鸞が依拠した本では、阿弥陀仏がまだ前身の法蔵比丘《ほうぞうびく》という名で修行していた時代から説きおこしている。法蔵比丘は、いっさいの衆生を極楽浄土に救済したいという四十八種の大願を立てる。その四十八種の願についての説明がそのあとにつづく。四十八種には順を追って衆生救済の阿弥陀（法蔵比丘）の願が並べられている。たとえば第一願、第二願は次のようにのべられている。

第一願　たとい、われ仏となるをえんとき、国に地獄、餓鬼、畜生あらば、（われ）正覚《しょうがく》*1を取らじ。

第二願　たとい、われ仏となるをえんとき、国中の人《にん》・天《でん》*2、寿《いのち》終りてのち、また、三悪道*3に更《かえ》らば、正覚を取らじ。

1正覚　完全な悟り。仏になること。
2天　天上界に住むと信じられていた仏教の守護神。
3三悪道　地獄・餓鬼・畜生の三種の悪の世界。

自分が仏になる機会があるとしても、衆生救済の願が実現しないうちはじしんも悟りを得た仏にはならないという決意がのべられている。そして最後の第四十八願は次のようにまとめられている。

> たとい、われ仏となるをえんとき、他方の国土のもろもろの菩薩衆、わが名字を聞きて、すなわち第一、第二、第三の法忍《ぼうにん》（の位）に至るをえず、（また）諸仏の法において、すなわち不退転《ふたいてん》（の位）をうること能わずんば、正覚を取らじ。

「第一、第二、第三の法忍」とは三種類の「悟り」をいう。「法忍」は真理を悟ること、または悟りを得た安らぎである。菩薩は仏の候補者であっても、まだ悟りをえず、仏になっていない修行者である。菩薩が法忍の境地に達し、不退転の位を得るまで、つまり悟りを得て仏になるまでは、じしんも正しい覚りを得る仏にはならないといいきっている。

四十八願すべて、このように同じ文句で始まり、同じ結びで終わっている。衆生救済の願を立てた法蔵比丘が、すべての衆生、菩薩を救済するまでは仏にはならないと誓っているのである。

阿弥陀が、念仏信仰者を救済するために臨終に際して、現世に飛来するという来迎《らいごう》（下図参照）の信仰は、日本の浄土教各派が根本経典として尊重したこの「浄土三部経」の一つ『無量寿経』に阿弥陀四十八願の第十九願として記述されている。

第十九願で、真実の念仏者を、その臨終の際に来迎して浄土に導くことができないならば、自分（法蔵比丘）も悟りを得ることはないと、来迎を誓っている。

これを発展させた同じ「浄土三部経」の『観無量寿経』では衆生の前世における善悪の度合に応じて、九つの種類*1に分け、阿弥陀の来迎があると説いている。

九つの種類にまで複雑になった外来の来迎思想を単純化し、しかも具体的なイメージとして日本人にふかく浸透させた書が、やはり源信の『往生要集』であった。

聖衆来迎《しょうじゅらいごう》の楽しみは……善行の人の命がつきるときに、人間の身体を形

阿弥陀来迎図

1九つの種類　上中下の三品と、上中下の三生を組み合わせ、上品上生から下品下生までの九種とする。

成する四つの要素の四大《しだい》*2のうち、地水がまず去るために緩慢で苦しみがない。まして念仏の功が積もり、長い年月、阿弥陀をふかく信じて浄土を願ってきた者は、命の終わるときには大きな喜びがおのずから生じてくる。その喜びは、阿弥陀如来の本願によって、もろもろの菩薩が、百千の比丘たちとともに光明を放ち、あきらかに眼前に出現なさることである。

*2 四大　地・水・火・風の四種。

『往生要集』の「聖衆来迎の楽《らく》」の冒頭の記述である。源信特有の文才と想像力を駆使して、来迎の有様を感覚的、視覚的にあざやかに描きあげている。日本における阿弥陀聖衆来迎図の最初の作品も源信の作だといわれている。この源信作にならって多くの来迎図が作られ、観音・勢至の両菩薩を中心とした聖衆来迎図、中心に阿弥陀が位置する阿弥陀来迎図などが、流布した。人々は臨終に際して、来迎図を枕許にかけて死後の極楽往生を信じることができたのであった。

源信は、来迎を文や絵に表現しただけではなく、現実の儀礼にも構成したといわれている。迎講《むかえこう》である。迎接会《ごうしょうえ》、練供養《ねりくよう》などともよばれている。平安時代の中期から行なわれはじめ、中世には最盛期を迎えていた。

説話集『古事談』*1には、その創始者に源信があてられている。源信は、十センチほどの小さな仏像を脇息《きょうそく》（ひじかけ）のうえに安置し、脇息の足にひもをつけて引きよせ、それをくり返して、聖衆来迎の様子を想像して感泣していたという。

これがしだいに大きな規模となり、極楽浄土と娑婆世界を表わす二つの建物のあいだを、阿弥陀や菩薩の仮面をかぶり、装束を身につけた演者が、音楽を奏しながら渡ってゆき、多数の信者や観客がそのまわりに群がる大ページェントになっていった。

『今昔物語集』に、丹後国ではじめて行なわれた迎講の記事がある。

丹後国に日ごろ極楽往生を願っている聖人がいた。彼は丹後国で迎講をはじめようと考え、国守の大江清定*2に援助を願い出、京から舞人《ぶにん》や楽人《がくにん》をよんで盛大にとり行なった。聖人が香炉に香をたいて娑婆になぞらえた場所にすわっていると、僧侶の扮した阿弥陀仏がしだいに近づいてきた。その左には観音が往生人の乗る紫金《しこん》*3の台をささげ、右には勢至菩薩が天蓋をさしかけ、音楽をつかさどる菩薩は鼓をまえにささげて妙《たえ》なる音楽を奏しながら阿弥陀に随行してきた。そのあいだ、聖人は涙にくれて名号をとなえてい

1古事談　中世前期の説話集。

2大江清定　鎌倉時代の下級武士。東大寺領伊賀県黒田荘の下級役人となったが、東大寺に反抗し、悪党とよばれた。

3紫金　赤銅（しゃくどう）の異称。

たが、観音が紫金《しこん》の台をさし出しても身動き一つしないので、よく見るとすでに息絶えていた。この迎講のおりに息絶えようと願っていた聖人の浄土往生は疑いがないと人々は尊んだという。

この聖人が誰であるかは分かっていない。すでに迎講が流布し、その演出の順序なども定まっていた時代の物語と読むことができるので、平安時代の末の出来事であろうと思われる。この聖人がうずくまっていた場所は娑婆になぞらえられている。ページェントとなった迎講は、極楽と娑婆を表わす二つの建築物のあいだに、煩悩の二つの河のあいだを細い悟りの道が通る二河《にが》白道図《びゃくどうず》の影響を受けて橋が架けられるようになり、来迎の阿弥陀と聖衆はその橋のうえを練ってくる。現在、奈良県の当麻寺《たいまでら》、和歌山県の往生寺、東京の九品《くほん》の浄真寺などで行なわれている練供養《ねりくよう》とよばれる法要である。

すでにみたように（「源信に学んで源信を超えた法然」31ページ）、法然は臨終に際して阿弥陀が来迎する信仰を、いろいろな機会を通じて弟子たちに説いていた。

この先師たちの教えとは異なって、親鸞は明確に来迎を否定していた。『末燈鈔《まっとうしょう》』*4の冒頭で次のように来迎は自力の行為と断定している。

4末燈鈔　参照40ページ注。

来迎は自力《じりき》で修行して往生を願う人のためにある。それを望むのは自力を頼む人であり、臨終に来迎を期待するのは自力修行の人にあてはまるのであろう。いまだ真実の信心を得ていないからである。

親鸞は迎講や練供養も含めて、来迎の信仰そのものを否定したのであった。親鸞にこのような断定をさせた拠り所はどこにあったのであろうか。

これからあきらかにする、死と生を一つに考え、神と人の永遠の循環を信じる日本人の伝統的人間観、死生観を、親鸞はすでに発見していたのだ。だから、親鸞は、自信をもって浄土教先師たちが信じ、力をこめて説いた聖衆来迎を否定することができたのである。

死者の浄土現世往還

親鸞に先行する浄土論では、中国・日本を問わず、浄土に往生した死者は

そのあと幸せに浄土で暮らしつづけ、えらばれた特殊な仏菩薩だけが衆生救済に現世へもどってくる。浄土へ往生するためには、

自力で修行する。
自力の修行法を誤まり罪を犯すと浄土（極楽）に行けず地獄に堕ちる。
阿弥陀を信仰して他力で阿弥陀の迎えを受ける。
他力でも悪人は浄土に行けず地獄に堕ちる。
他力の信仰で阿弥陀の名を唱えると善人・悪人ともに往生できる。

などのさまざまな信仰形態が、親鸞以前または同時代の仏教各派で説かれてきた。そのなかにあって、親鸞はしだいに独自性をふかめていく。《阿弥陀を信じるだけで悪人も往生できる》。これが親鸞の教えだったのであるが、さらにそこに、《死者の浄土現世往還》、つまり一般人誰でも死ねば浄土と現世を自由に往来できるという、親鸞独自の思想が加わってきた。
《死者の浄土現世往還》の思想は『教行信証』にくわしく説明されている。『教行信証』に引用される先人の経典が親鸞独自の思想に変更・染色されて

いた事実はすでに多くの研究者から指摘されている。その典型例が、仏菩薩だけに許される浄土と現世の往還を、一般死者でも往還できるという、根本的な変更を行なったことであった。

『教行信証』の該当箇所から引用する。

還相《かんそう》の回向《えこう》とは、自分が浄土に往生して利益《りやく》成就したのちに他の衆生を教化する働きのことをいう。必至補処《ひっしふしょ》の願より出、一生補処の願ともいう。

ここで論じられている「還相の回向」は浄土と現世を往来する祈願である。一般往生者が浄土に往生したのち衆生を救済するために浄土と現世を往来することである。

むずかしい内容なのでていねいに説明する。

この親鸞の文は阿弥陀の前身法蔵比丘の『無量寿経』第二十二番目の願、

われ仏となるをえんとき、他方の仏土のもろもろの菩薩衆、わが国に来生せば、究竟《くきょう》して必ず、一生補処《ふしょ》に至らしめん。

に対応しているが、親鸞は、この願に、じつに重要な二つの変更を行なっていた。一つは菩薩を一般衆生に変えたこと、もう一つは「必至補処」という独自の考えを取り込んだことである。

二十二願は法蔵比丘が阿弥陀仏になったときに、修行中の菩薩を仏にすると約束したことばである。「補処」は仏の居場所・仏の位につくことである。分かりやすくいえば「即位」である。この菩薩の即位を、親鸞は一般衆生すべてに拡大したのである。

また、「一生補処」は、一つの生を終えた次の生にはかならず仏になれる菩薩の最高位をいう。親鸞はその「一生補処」のまえに「必至補処」ということばを持ってきた。「一生補処」が次の生で仏になることのできる位であるのに対し、「必至補処」つまり即座にかならず「補処」の位につけること、が、阿弥陀の大願であると独自の変更を加えたのであった。

悟りを得て次の生で仏の位につくだけではなく、即座に悟りを得て仏になることを約束したのであった。

親鸞がこのような変更を行なった根底には日本人の伝統的死者観・罪悪観

との出逢いがあった。これから本書でくわしく説明していく。そしてもう一つ、直接のヒントは、じつは第二十二願にあった。

第二十二願は、右の引用文につづけて、除外規定を設けている。現世にもどって衆生を救済する「利他徳化《りたとっか》」という、特別の願を持つ普賢菩薩《ふげん》*1についていて、ほかの菩薩と区別して

普賢の徳を修習せんものを除く。

とのべて、仏になるために浄土にそのままとどまる「一生補処」から除いている。

親鸞は、この『無量寿経』後半の普賢菩薩を対象とした除外規定を、即座に浄土往還可能な資格を得る「必至補処」ということばに置き換え、さらに普賢菩薩への限定を削除していた。仏になるための最高位についた往生者はすべて阿弥陀浄土にとどまらずに、即座に「還相の回向」をはたすと、変更した。普賢菩薩にのみ許された徳である「利他徳化」を一般往生者の徳に変えたのである。

1 **普賢菩薩** 浄土教では衆生を救済して仏にする「利他徳化」の行為を普賢の徳とよぶ。

仏菩薩が浄土と現世を往来して現世の衆生を救済するという思想は、もちろん、師の法然も持っていた。法然は弟子の津戸《つのと》の三郎＊2に宛てた手紙のなかで、

はやく極楽へ行って悟りをひらき、生死の境にもどり、阿弥陀の教えをそしり、信じようとしないものを極楽へ渡し、一切衆生をすべて救済しようと思いなさい。

とのべている。

この法然の極楽浄土往還は、「悟りをひらき」という条件がつけられているところからみても、悟りを得て仏菩薩となることのできた人の往還であって、一般人すべての往還ではない。

このように私が法然の往還思想を理解するうえで参考になる一文が、先行する源信の『往生要集』の記事である。

源信は、浄土にあってつねに仏に接することのできる楽しみとして、「一

2津戸の三郎　津戸三郎為守。源頼朝の臣下の武士であったが、法然に帰依し尊願と名乗った。

生補処」と「衆生救済」の二つをあげていた。源信は、阿弥陀の第二十二願を分かりやすく説明して、原文通りに、菩薩の最高位にとどまり次の生で仏になることと、菩提をえて衆生を救済する普賢菩薩の往還、の二つを区別して考えていた。法然の往還論もこの源信と同様「菩提つまり悟り」を得たのちの往還であった。衆生の死にのぞんで来迎する存在が仏菩薩・聖衆に限られる来迎思想と対応する法然の信仰であった。

しかし、親鸞の考えはこの師たちから離れた。「一生補処」を「必至補処」といいかえ、普賢菩薩の往還の徳を往生者一般に適用するように改めたのであった。

このような親鸞の思想はのちの著作にもっと明確に表現されている。『三帖和讃』の「讃阿弥陀仏偈和讃」から引用する。

安楽浄土にいたるひと　五濁悪世《ごじょくあくせ》*1にかえりては
釈迦牟尼仏のごとくにて　利益衆生《りやくしゅじょう》はきわもなし

浄土に行った人はふたたびこの濁悪の世にもどってきて、阿弥陀の変化仏

1 **五濁悪世**　五種の汚れの起る末世の悪い世。現世のこと。

の釈迦如来のように、現世の衆生の救済にはげみつづける。親鸞の思想では、往生者が浄土と現世を往還することは阿弥陀の本願であった。

親鸞の「死者の浄土往還」の思想の革命性は阿弥陀や仏菩薩の特権ともいうべき衆生救済を一般人だれにでも可能としたことであった。

十八願を信じて十八願を超える

阿弥陀の信仰を凝縮した四十八願のなかでも、第十八願をもっとも高く評価した僧も法然であった。親鸞も師の教えに従って生涯この第十八願への篤い帰依の念を保ちつづけた。しかし、親鸞は、じつはこの第十八願をさえ超えてしまっていたのである。

第十八願は

たとい、われ仏となるをえんとき、十方の衆生、至心《ししん》に信楽《しんぎょう》して*2、

2至心に信楽して　心から浄土往生を信じて。

わが国に生まれんと欲して、乃至十念《ないし》せん。もし、生まれずんば、正覚を取らじ。ただ、五逆（の罪を犯すもの）と正法《しょうぼう》を誹謗《ひぼう》するものを除かん。

とある。

自分・法蔵比丘が阿弥陀仏になることができるとしても、すべての衆生が、心から阿弥陀を信じ、浄土に生まれようと願ってひたすらに念仏を唱えつづけても、もし浄土に生まれることができないならば、自分は阿弥陀にはなるまい。

この第十八願の文句のなかで、古来、解釈が分かれた記事は「乃至十念《ないし》」と「五逆と正法を誹謗するものを除かん」の二箇所であった。

ここでも除外項目が最後に付け加えられていた。

法然は四十八願のなかでこの十八願をもっとも重視していた。『三部経大意』*1で「四十八願のなかに、この願ことにすぐれたりとす」といい、『選択本願念仏集』では、「本願中の王なり」といっていた。「乃至十念」については、『選択本願念仏集』で、「念」は「声」、つまり、阿弥陀の名号を声にだすことと同じであるとし、「乃至十念」は、生涯念仏を唱えつづけること

1三部経大意　参照32ページ注。

と説明している。

除外の規定については、中国ですでに五逆と誹謗正法の二つか、どちらか一つだけか、の議論があった。五逆、つまり、父を殺し、母を殺し、阿羅漢を殺し、仏教教団の和合を破り、仏身から血をながす悪事、をはたらいた悪人と、誹謗正法、つまり、仏法をののしる悪人である。そうした論議をうけて法然は、信じれば五逆は往生できるとしていたが、誹謗正法は、著作では論じていない。しかし、はじめは、大胡《おおご》の太郎実秀《さねひで》*2の妻にあてた手紙で、「五逆深重の人であっても十念*3すれば往生する」といっていることばにつづけて、

おおよそこの念仏は、そしれるものは地獄におちて、五劫苦《ごごうく》（永遠の苦しみ）をうくることときわまりなし。


といいきっていた。「そしれるもの」つまり誹謗正法（謗法）に対しては五逆よりもきびしくみていたことが分かる。

その法然も、のちに「誹謗正法」をも阿弥陀の救済に加えた。以前にも引

2大胡の太郎実秀　源頼朝の家臣。父とともに法然に帰依した。
3十念　南無阿弥陀仏を十度唱えること。

用した津戸の三郎に宛てた手紙のなかで、「はやく極楽へ行って悟りをひらき、生死の境にもどり、阿弥陀の教えをそしり、信じようとしないものを極楽へ渡し、一切衆生をすべて救済しようと思うべきです」とのべている。当然ながら、法然の思想にも変化があったのである。

親鸞は『教行信証』でこの十八願を論じていた。

弟子から「誹謗正法」とはどういうことかと端的に質問され、「五逆罪は重い罪である。しかし、その五逆罪も正法がないことから生ずる。だから、謗正法の人の罪はもっとも重いのである」と答えている。この段階では、法然と同様に親鸞も、五逆よりも、正しい仏法、浄土教をそしる謗法を重罪と考えていたようである。

親鸞の思想は深まっていく。年月を追って変化する。

『教行信証』では十八願を重視し、「謗法」を最重の罪と断定していた親鸞も、のちの『正信念仏偈《げ》』ではすべての罪は同じで差がないことを宣言している。

凡聖逆謗《ぼんしょうぎゃくぼう》ひとしく廻入《えにゅう》すれば

衆水海に入りて一味なるが如し
摂取の心光常に照護したまう

「凡聖逆謗」つまり凡人・聖人・五逆・謗法、ひとしく阿弥陀に帰依すれば、多くの川水が海に入って同一の海流となるように、阿弥陀がすべてを摂取する慈悲の心の光に照らしてお守りくださる。

ここでは、五逆の人も正法をそしる人もすべてが、区別なく浄土に往生できるとうたっている。

親鸞は浄土教を信仰した先人が除外例とした四十八願の第十八願の但し書きさえ突破して、いっさいの人が善悪にかかわらず浄土往生できると説いたのである。

除外項目についてこのような解釈に達した思索の過程で、親鸞は次のような説明をしていた。親鸞自筆と伝えられる『尊号真像銘文《そんごうしんぞうめいもん》』に見られる文章である。

唯除《ゆいじょ》五逆誹謗正法というは、「唯除」というはただ除くということばなり、五逆のつみびとをきらい、誹謗のおもきとがをしらせんとなり。このふたつの罪のおもきことをしめして、十方一切の衆生みなもれず往生すべしと知らせんとなり。

ただ五逆と正法の誹謗を除くというのは、この二つの罪の重さを示して、〈その二つの重罪にもかかわらず〉十方のいっさいの衆生を往生させることを知らせたのだ、とのべている。

阿弥陀四十八願は浄土教の最高原理を表現したものであり、第十八願はその核心である。そこに除外例を付け加えたのは中国の浄土教僧たちであったとみられる。日本の浄土教信仰者も、晩年の法然と親鸞以外は、その除外例をそのままに受け入れていた。

除外例は浄土教における悪人の最終規定である。あらゆる人間の悪を受け入れた浄土教の阿弥陀信仰が、最後に救われない存在として除外した悪人が、五逆を犯した悪人と、誹謗正法、つまり、仏法をののしる悪人の二種である。親鸞は、この二種の悪人さえも、弥陀の本願を信じることによって救われると教えたのであった。

「善人なほもて往生をとぐ、いわんや悪人をや」といいきった親鸞の悪人観がどのような思考を経て生まれたかを示す親鸞の十八願観といえる。善悪無二、むしろ悪人こそが弥陀の誓願の主たる対象であった。

悪が生きていく人間の必然であることを自覚させ、その重罪を犯した悪人でさえもそのままでおのずから救済される阿弥陀の広大無辺の力を示すことが親鸞の悪人観の真意である。そしてこの親鸞の悪人観を力強く支えたものが日本人の伝統的罪悪観だったのだ。

きわめて独自なこの親鸞の思想を根底で支えたものは何か。いま、親鸞の発見した日本人の伝統的人間観と罪悪観の全体像についてのべるときがきた。

V

親鸞の発見した日本人の原信仰

日本人の他界観

親鸞は、人々が極楽図や阿弥陀仏の像を通して感覚的に思い描いた浄土を方便の浄土とし、色もなく形もない、虚空のような真の浄土と明確に区別した。『教行信証』や『三帖和讃』の「浄土高僧和讃」そのほかで真実の浄土について「虚空《こくう》にして広大にして辺際なし」とのべ、色も形もなく、虚空のように広大で限りのない空間であることを強調している。

この親鸞の浄土観は、先行する仏典や浄土教経典に依拠した思想ではない。日本古代の他界観に由来している。私はそのことをくりかえし強調したい。

他界とは、人が生前、または死後を過ごす場所である。

記紀神話や『万葉集』などを資料に、そこに表現されている古代の日本人の他界観を検討する試みは、柳田國男《やなぎたくにお》、折口信夫《おりくちしのぶ》らの民俗学者をはじめとして、多くの古代史学者、宗教学者、神話学者などによってこれまでなされてきた。それらの成果に、私の考えを加えてまとめると、日本人の他界は、

地下他界
海上（中）他界
天上他界
山上（中）他界
東方他界
西方他界
の六種になる。

地下他界は地の底に想定された他界で、黄泉《よみ》[1]、黄泉《よみじ》、根の国[2]などのことばによって表現されている。よみは死者がゆく所であり、漢語の黄泉も地下の泉、転じて死者のおもむく土地と考えられている。

根の国は記紀では大地の意味から転じて地下の国の意味に用いられていたが、のちに引用する『大祓《おおはらえ》』の祝詞《のりと》[3]では海のかなたの海上他界をさしている（「罪をはらう」124ページ）。

海の向こうに他界を考える海上他界は、妣《はは》の国[4]、常世《とこよ》の国などのことばで表現されている。妣の国は母の国、つまり、母の里であって、一族の他国への移住後に故郷をしたう情が生んだことばであった。とこよのとこは永

1 黄泉　古代中国では、死者が行く地下の世界を地下の泉の意味で、「黄泉（こうせん）」といった。

2 根の国　地下の国のこと。

3 大祓の祝詞　毎年6月と12月の末日に行われる大祓の儀式で、罪や穢れを祓うために唱えられた神に祈ることば。

4 妣の国　妣は母または亡き母の意味。

久不変の意味で、海のかなたにあると信じられている常住不変の世界である。同じ海のかなたの他界でも、わたつみの国、わたつみの宮などと表現されている場所は、海の底にある海神の住む土地で、海中他界と考えられている。奄美《あまみ》から八重山におよぶトカラ・琉球の島々で、ニライカナイとよばれる他界は、人間の住む現世と対比される海上（中）他界（下図参照）で、本土の常世・わたつみなどと対応している。しかし、村落の地理的条件によって、同じ海でも西の海、海底、さらに、地底などをも想定することがある。

天の彼方に他界を想定する天上他界は高天原《たかまがはら》ということばで現わされる。天皇家につながる天孫系民族の祖先神が住んでいたとされる所であった。

山上（中）他界は高い山のうえまたはなかに他界を考える観念である。『万葉集』の死者を弔う挽歌を資料に上代人の他界観を解明した神話学者の堀一郎によると、死者の霊魂は、山、岩、雲、霧、樹木などの「高き」場につく場合が圧倒的に多く、ことに山に鎮まる事例は全体の半分を占めているという。

東方他界と西方他界は、太陽の昇る方向、沈む方向に他界を考えるもので、本来、日本人の太陽信仰に由来する一対の観念であった。しかし、仏教が日

海に祈る
日本人の海上他界
沖縄伊平屋（イヘヤ）島

久高（クダカ）島

本人社会に浸透すると、西方他界は、地下の地獄他界と対になって、仏や成仏した死者の住む西方極楽浄土と観念されるようになった。

親鸞は『三帖和讃』の「曇鸞《どんらん》和尚*1和讃」などで「十方仏国浄土」とのべ「なにによりてか西にある（なぜ西方にあるというのか）」とうたっていた。親鸞の浄土が、西方に限定されず、東・西・南・北・北東・南東・南西・北西・上・下の十方にひろがる空無と強調されるのも、この日本人の、多様で、広大無辺の他界観を継承していたからであった。

1 **曇鸞和尚** 中国南北朝時代の僧。中国浄土教の開祖とされる。

日本人の地獄と極楽

中国・朝鮮の地獄・極楽

親鸞の説いた教えのなかで、地獄の恐怖が強調されることはなく、軽視されていた。これまで、私が指摘してきたことである。

ここにも、親鸞が出逢い、その思想形成に働きかけた日本の伝統的他界観・人間観の力を認めることができるのである。

中国、朝鮮の地獄・極楽と比較して、親鸞の発見した日本人の地獄・極楽の特色をあきらかにしておこう。

まず中国である。

釈迦や阿弥陀の西方極楽浄土（下図参照）、または阿閦仏《あしゅくぶつ》*1の東方妙喜国《みょうぎこく》などから推定される仏教の宇宙観には、水平世界を想定する水平宇宙観が優越している。他方、中国の支配的宗教の道教は、神は天、人は地、死人の鬼は地下に住むという垂直の三層宇宙観である。中国道教は紀元前三世紀には成立しており、遅れて伝来した仏教も道教の影響を受け、世尊（釈迦）の居住地を西方の極楽ではなく、天堂（天上）とする観念も生まれた。そのため、中国民衆の宇宙観はきわめて複雑である。

私が現地に入って長期間泊まりこんで調査した、四川省《しせんしょう》の少数民族トウチャ族の宇宙観は、道教、仏教、儒教、民俗信仰が混合して次のようになっている。

四方を山にかこまれた土地に住んでいる彼らの考える他界は垂直の天と地下の二つ、水平の東西南北の山の四つ、の計六つである。天と北方は道教系・儒教系・仏教系の神仏の住まいであり、地下は地獄で鬼・子孫に祀られない孤魂*2、西方は民俗系神々・仏教系の諸仏、東、南の二方は民俗系の神々*3

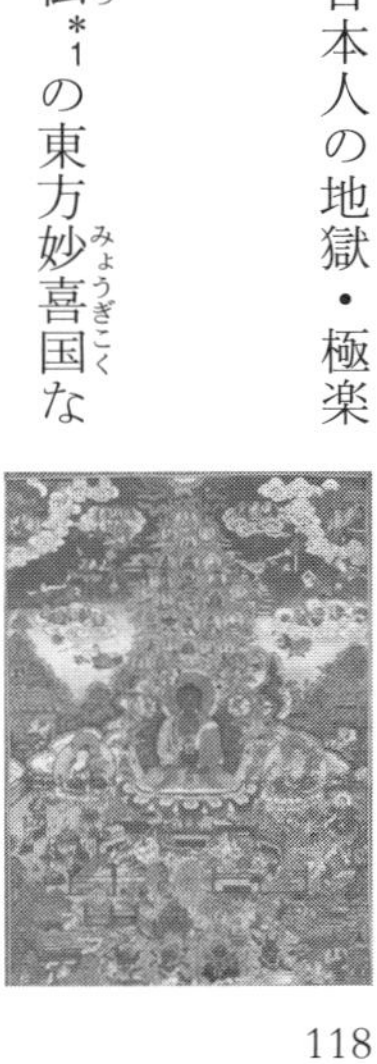

阿弥陀の西方極楽浄土 中国北京

1 阿閦仏 東方に出現した大日如来のもとで修行して成仏し、現在もその国土の妙喜国にいるとされる仏。

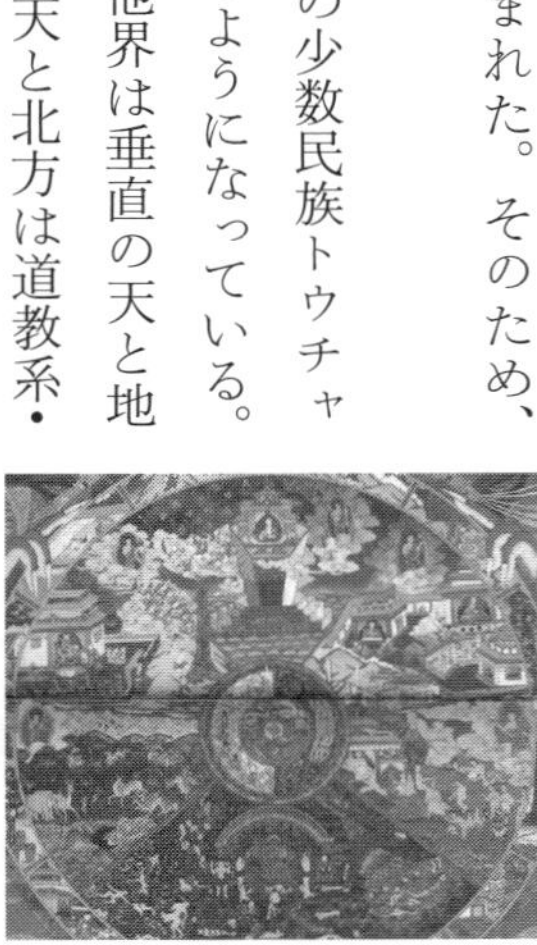

中国 六道絵 19世紀

2 孤魂 子孫に祀られずにさ迷う幽鬼の類。

（蛇・山神ほか）の住まいとされている。

他界の観念は複雑に変化するが、いずれにしても、中国では、極楽と地獄は反対方向に離れ、楽と苦の二つの対立する秩序が支配していると信じられている。

これに対し、朝鮮の地獄・極楽の代表的理解は次のようにまとめられる。

人間は死ぬと、その肉体は地中に横たわっているが、その魂魄《こんぱく》即ち死霊は死の使いの神に捕らえられてあの世に連れてゆかれる。そこで、地府王*4とよばれる裁判神の峻厳な裁きと拷問を受けたのち、二群に分けられる。善根をほどこしたことのある者は十王の許に連れてゆかれ、他方、罪を犯して地獄へ送られる者は、地獄への道をたどらせられる。

十王*5への道は左側の明るく白い小道である。この小道を行く者は十王や（下図参照）四天王に導かれて極楽に往生する。その極楽には、玉皇上帝《ぎょっこうじょうてい》*6や太星王、釈尊を初めとして、阿弥陀仏、観音、地蔵、弥勒《みろく》、文殊《もんじゅ》などの、仏教と道教が入り混じった神や仏が混在していて亡者を迎える。

他方、地獄への道は右側の暗く大きな道である。途中に鉄の網で造られた

3民俗系神々　道教・仏教・儒教などの体系宗教の神仏ではなく、土着信仰の神々。

4地府王　閻魔王に相当する地獄の支配者。

5十王　本来、地獄を支配する十体の王。道教と仏教を混交させて中国唐代に成立し、朝鮮、日本へも伝来。

6玉皇上（大）帝　玉皇、天帝などともいう。道教を中心とした中国民間諸神の最高神。

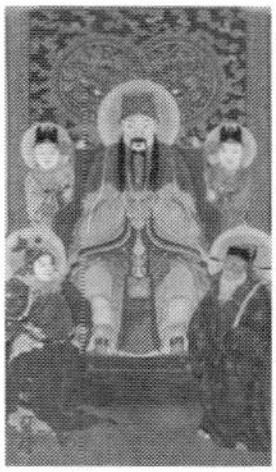

玉皇大帝『道教神仙画集』華夏出版社、一九九五年

地獄の橋がある。亡者がその橋を渡ろうとすると橋が崩れて、橋下に落下し、悪鬼に捕らえられて九千地獄につき落とされる。そこでは飢えれば鉄棒を食らわせ、渇けば鉄を溶かして飲ませるといわれている。

極楽へ通じる十王の道が狭く、地獄への道が広く大きいことには、理由があった。むかしは悪人がすくなく聖賢《せいけん》が多かったので、十王に行く者は千人の多数で大きい道であった。いまは世俗の人心が悪くなって地獄に行く者が千人なのでその道は大きくなり、十王に行く者は千人に一人の少人数で小道になった。

十王へ行く道にも雑鬼《ぞうき》の類が多くいて妨げるので、釈迦が亡者《もうじゃ》にさずけた念仏と真言《しんごん》をとなえながら行かなければならない。

中国の地獄の十王殿が、朝鮮では極楽への通過点に変化しているところには、中国の影響とともに、地獄と極楽の混合という変化を認めることができる。しかし、極楽への道は左側の明るく白い小道であり、地獄への道は右側の暗く大きな道である。中国と同様に、極楽と地獄は正反対の方向に分かれて、対立する秩序が支配している。

このような大陸・半島の地獄・極楽と比較して、日本人の民間の地獄・極

中国十王殿　一殿奏広王、二殿初江王、五殿閻魔王、六殿変成王

楽の観念はまったく異質である。

日本人の他界観のなかで地獄と結合したことがあきらかな場所は、地下と山である。地下はイザナギ・イザナミ神話に黄泉国《よみのくに》として登場する。そこはイザナミの死体が腐敗してうじが涌き、黄泉醜女《よもつしこめ》とよばれる鬼女が住んでいた。古代日本の横穴式古墳《よこあなしきこふん》のイメージがふくらんだ地獄であった。

山・谷・河原も死者を葬った場所であり、日本の各地で地獄とみなされている例が多くある。大分別府・富山立山・北海道登別《のぼりべつ》などの地獄谷、佐渡の外海府賽《そとかいふさい》の河原、箱根大涌谷《おおわくだに》などなど、枚挙にいとまがない。

地獄・極楽の融合

日本の地獄とみなされる土地には多くの場合に極楽が隣接している。吉野の大峰山《おおみねさん》大普賢岳地獄と、餓鬼を救済する修験道の大峰山寺本堂は同じ山中に存在している。下北の恐山《おそれざん》の菩提寺本堂と、無間《むけん》地獄・三途の川も同じ山中にある。

古代の日本人は、同じ他界であるという観念を介して地獄と極楽を同居させていた。

素朴な日本人の他界観を大きく変えたのは仏教の地獄観であった。日本人が知ることのできた仏教の地獄の早い具体例は、東大寺二月堂*1本尊の金剛毛彫り光背《こうはい》にみられる地獄変相図で、奈良時代の制作とされている。火中に苦しむ罪人とこれを責める獄卒《ごくそつ》の姿が描かれている。こうした地獄絵や六道絵《ろくどうえ》が奈良時代から平安時代にかけて多数制作されていた。

また、極楽の観念は阿弥陀信仰とともに奈良時代に高まり、中国の浄土変相図の影響下に多くの浄土曼荼羅《まんだら》*2が制作された。奈良の当麻寺曼荼羅はその代表作といえよう。

浄土のイメージをふくらませた浄土変相図に遅れて、阿弥陀を中心に浄土聖衆が死者を迎えにくる来迎図が制作された。来迎会はさらに迎講として仏教寺院の大きな行事になっていった。

迎講は、他界・橋・現世という三つの場所と、お練りや行道《ぎょうどう》という行為が必須である。すでに説明した迎講の成立事情によっても、他界は極楽浄土であり、極楽→現世→極楽という順序をたどる、大和の当麻寺《たいまでら》のような型が基本と判断される（「阿弥陀聖衆の来迎」91ページ）。

しかし、これとはべつに、現世→地獄→現世という型や、現世→極楽→現世という型も日本には存在する。前者は奈良県大和郡山市の矢田寺《やたでら》（金剛山寺）

1東大寺二月堂　旧暦二月に「お水取り（修二会）」が行なわれる場所。

2浄土曼荼羅　曼荼羅は円盤の意味。阿弥陀浄土を円環の図像として表現した図が浄土曼荼羅。

奈良矢田寺の別院京都の矢田寺

の迎講《むかえこう》であり、後者は大阪市東住吉区の大念仏寺の迎講である。

矢田寺の迎講は、同寺に伝わる『矢田地蔵縁起』*3に基づいて、満米《まんまい》上人*4の地獄巡りと、地蔵による亡者救済を儀礼化したもので、お練《ね》り、本堂内陣での地蔵の説経、即身成仏儀礼から成り立っている。大念仏寺の来迎会《らいごうえ》（下図参照）は、本堂の後門から本堂正面に向けて高い橋を架け、娑婆世界から浄土（本堂）に向けて、踊躍《ようやく》念仏踊り*5の一行と地蔵の行列が帰っていく様子を演じている。

迎講は、阿弥陀と聖衆が極楽浄土から娑婆に来臨して、亡者をともなってふたたび極楽浄土に帰っていく様子を演じる型が原型である。現世と地獄、現世と極楽、の往還という前述の二つの変型の成立には、大地の底に入って再生するという、日本独自の再生観、他界観が働きかけているのである。

日本人の独自性は地獄と極楽を隣接・共存させただけではなく、さらにその先へいって、地獄がそのままに極楽であるという両者同一の信仰まで生みだした。

その具体例が富山県の立山《たてやま》の信仰である。立山地獄と女人救済の立山布橋灌頂*6の場が同一となり、灌頂会で布橋を渡って暗黒の姥《うば》堂にこもった救

3矢田地蔵縁起　奈良県金剛山矢田寺の本尊地蔵菩薩像の創立と霊験の物語を説いた絵巻。

4満米上人　観音と吉祥天女を本尊としていた矢田寺は、平安時代初めに、満米上人により地蔵菩薩が安置され、地蔵信仰の中心地となった。

5踊躍念仏踊り　念仏を唱えながら踊ること。

6立山布橋灌頂　参照57ページ注。

地獄・極楽の変換
大阪市大念仏寺迎講

済を願う信女《しんにょ》たちの行《ぎょう》が果てると、扉が一斉に開かれ、雪をいただいて神々しい立山が眼前に出現する。立山は地獄であるとともに極楽浄土でもある。

また、愛知県北設楽群豊根村《したらぐんとよねむら》で平成元年の天皇即位の大嘗祭[*1]を記念して、百三十四年ぶりに復元された三河大神楽《おおかぐら》の「浄土入り」[*2]も浄土が地獄でもある。白山《しらやま》とよばれる地獄のなかに神子《かご》（立願者）が入って擬死再生、死の模倣からのよみがえりを果たす儀礼である。そこは鬼が出現し、神子たちをかりたてる暗黒の地獄であるが、その地獄が破壊されて神子たちは新しく生きかえる。

親鸞の浄土は、このような日本人の本来の地獄・極楽一体の他界観のそのままの表現であった。

大海に注いで浄化される罪悪

1　罪をはらう

1 **大嘗祭**　天皇が即位の礼の後に初めて行う新嘗祭。

2 **浄土入り**　参照57ページ注。

立山布橋大潅頂　導師一行とともに閻魔堂を出る信女たちは姥三尊（母神で冥府神）の待つ姥堂に籠る。『立山曼陀羅』。福江 充『立山信仰と立山曼陀羅―芦峅寺衆徒の勧進活動―　日本宗教民俗学叢書４』岩田書院、一九九八年

親鸞の著作の『正信念仏偈《しょうしんねんぶつげ》』に注目される表現がある。極悪人たちが阿弥陀の大願によって救済されることを、

衆水海に入りて一味なるが如し

とのべている。同じ趣旨を「あらゆる罪悪が無数の川を通って海に入り潮で浄化される」とも説いていた（『三帖和讃《さんじょうわさん》』「曇鸞《どんらん》和尚和讃」）。すべての罪悪が多くの川を通って海に入って、同一の海流となって浄化されるというのである。これはまさに、日本人の伝統的罪悪観そのものを表現している。

親鸞の悪人論は、この伝統的罪悪観のうえに成立していたのであった。日本人にとって、もともとあらゆる罪はケガレと意識されていた。ケガレとは、汚穢《おわい》、不浄を表わす日本人の民衆信仰に関わる観念である。その早い例は、これまでにも引用した『古事記』のイザナギの黄泉国訪問の神話にみることができる。

イザナギは、死んだイザナミの後を追って死者の国である黄泉を訪問し、

そこでケガレに触れてしまった。「穢《きたな》き国に到りてありけり」と嘆いたイザナギは筑紫の国の日向の橘の小門《おど》のあわぎ原で禊《みそ》ぎ払いをした。ここにはすでにケガレは禊ぎによってはらわなければならないという観念が明確に存在する。

この民衆信仰のケガレの具体的対象として、平安時代の初めに編集された法制書の『弘仁式《こうにんしき》』には、

人の死　人の産　六畜の死　六畜の産　肉食　服喪　疾患

を「忌むべき穢れ」と規定していた。人と動物の死、人と動物の出産、肉食など、浸透してきた仏教思想の影響が顕著であるが、全体として、人間が生きていくために自然に犯さざるをえない罪悪である。

このような自然のケガレに人為的な犯罪の観念が加わってきた。同じく平安時代に編集された法制書『延喜式《えんぎしき》』があげる天津罪《あまつつみ》と国津罪《くにつつみ》には、そうした人為的なケガレ観念の具体例をみることができる。同書の「大祓《おおはらい》の祝詞《のりと》」があげる罪は次のようなものである。

天つ罪

畔放ち（畦の破壊）　溝埋《みぞう》み　樋放ち（水の筒の破壊）　頻蒔《しきま》き（穀物の種のうえに種を蒔いて生育を妨げること）　串刺し（家畜を串で刺し殺すこと）　生剥《いけは》ぎ（生きたままで家畜の皮を剥ぐこと）　屎戸《くそべ》（神聖な場所に糞をすること）

国つ罪

生膚断《いきはだだ》ち（生きている人の肌に傷をつけること）　死膚断ち　白人《しらひと》（肌が白くなる病気の人）　胡久美《こくみ》（せむし）　己が母犯せる罪　己が子犯せる罪　母と子と犯せる罪　子と母と犯せる罪　畜犯せる罪　そのほか

これらを総合して、天つ罪は、農耕の妨害や祭祀の場を穢《けが》す行為が主であり、国つ罪では、性的禁忌や病気、災害などであったことが分かる。天と国の対比については、いくつかの説が出されているが、天つ罪は人間の力を超えた存在である自然や神への冒涜、国つ罪は人間や動物に対する冒涜というように考えることができる。

大切なことは、これらの罪が、遠方にはらい捨てられるべきものと観念さ

れていたことである。『延喜式』に掲載される大祓えの祝詞《のりと》では、すべての罪は、

科戸《しなど》（風の吹き出す口）の風が天の八重霧を吹き放つように
朝《あした》の御霧・夕《ゆうべ》の御霧を朝風・夕風の吹きはらうように
大きな湊に泊まっている大船の舳先《へさき》を解き放ち艫先《ともさき》を解き放って
大海原に押し放つように
あちこちの繁った木をよく切れる鋭い鎌でうちはらうように

と語られて、「はらい捨て、はなち捨てる」と結ばれていた。

そのはらい捨てる場所については、同じ『延喜式』の祝詞の文句では、「あちこちの村々に隠れている汚らわしい疫病の鬼を、千里の外、東は陸奥、西は長崎五島、南は土佐、北は佐渡より遠方を、お前たち鬼の住む所と定め、数々の宝物と海山の各種のうまい物をくれてやってすみやかに行けと追い立てなさる」と具体的な地名が挙げられている。奈良・京都を中心として、その千里外の遠方に疫病の鬼を追いやるという宣告である。

遠方に追いやられた悪鬼《あっき》つまりケガレとしての罪悪は、神々の連携によって消滅させられる。同じく前掲『延喜式』の祝詞の続きを引用する。

のこる罪があってはならないと、祓い給い清め給う罪過を早川の瀬におられる瀬織津姫という神が大海原に運ぶであろう。大海原に運ばれた罪過は潮流の重なりあう場所におられる速《はや》あきつ姫という神がすべて呑みこんでしまう。その罪過を海の出入り口におられる息《い》吹《ぶ》き戸主《どぬし》という神が根の国の底に吹き飛ばすであろう。このように吹き飛ばすと根の国の底におられる速《はや》さすらい姫という神が持ちさすらって消滅させるであろう。このように罪過を消滅させれば、今日からはあらゆる罪はなくなるであろう。

この祝詞の最後は、「祓え給い清め給うことを　天つ神・国つ神、八百万の神たち、共に聞こし召せと白《まお》す」と結んでいる。

あらゆる罪過はケガレであり、はらわれることによって、神々、それも注意しなければならないことに、川の女神、海の女神などの大地の女神たちの連携で、細流を通って大海原、つまり先祖の神々のいます他界にはこばれ、

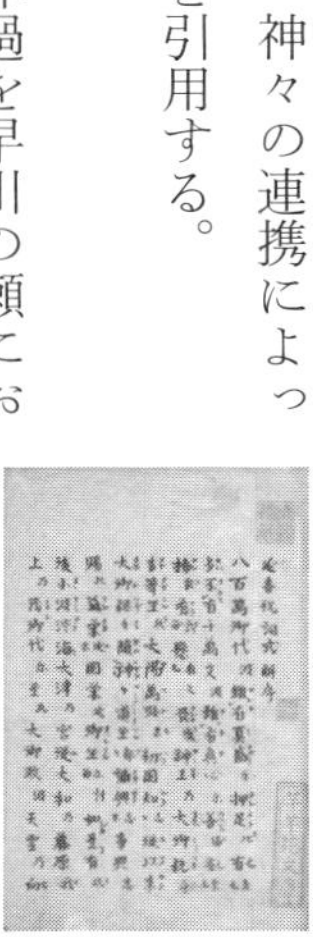

女神の連携によって海原で消滅するこの世の罪過・『延喜祝詞式解』の六月祓い・国文学研究資料館蔵

そこで消滅するのである。

罪悪はケガレであり、はらいすてるべきものという観念は、日本人によって古代から現在にまで脈々と継承されていく。たとえば京都の厄除けの神、下御霊神社の祭礼の祝詞には、いまも『延喜式』の大祓が文句を変えずにそのままに唱えられている。下御霊《しもごりょう》神社に限られず、各地の神社の厄除けの祝詞にそのままに継承されているのである。

この伝統的罪悪感と親鸞の罪悪観には明白な一致がある。

2　罪をきよめる——水と火——

罪を流す

ケガレとしての罪を中心地域から無くするための方法の一つはこれまでみてきたはらいであったが、もう一つ、日本の伝統社会では、きよめという方法が重視されていた。

前述の『古事記』にしるす死のケガレに触れたイザナギのあわぎ原の「禊《みそ》ぎ払《はら》い」は、まず禊《みそ》ぎ（身濯《すす》ぎの変化）、つまりきよめが先行し、次にはらいが行なわれた。きよめとはらいは、このように、しばしば一つの行為として表現されている。現在も民俗社会に一般化している水を主として、海水、塩

水に罪悪を流す赤倉山登山の水垢離
『日本宗教民俗図典』法蔵館、一九八五年

などを身体にそそぐ行為は、まずきよめであり、その後にはらいがくる。

きよめやはらいは民俗社会だけに限られる習俗ではない。

きよめを重要な任務とした国家の警察権力が平安時代の検非違使《けびいし》であった。

検非違使は、律令規定外の令外《りょうげ》の官として平安時代の弘仁年間（八一〇～八二三）に設置された。主として京都の治安維持にあたり、のちには訴訟や裁判も行ない、律令に規定されていた弾正台《だんじょうだい》*1、刑部省《ぎょうぶしょう》*2、京職《きょうしき》*3などの警察業務も吸収し、権威は強大化した。この検非違使の重要な役割が京中の掃除やケガレの除去であった。

歴史学者の丹生谷哲一《にうのやてついち》氏はおおよそ次のようにのべている。

平安から中世にかけて神社などで不浄＝ケガレの祟《たた》りが見あらわされ、これを除去しなければならない際に、陰陽寮《おんみょうりょう》*4や神祇官《じんぎかん》*5は占いを行なうだけであって、実際のケガレをきよめる仕事を管理・統括したのは検非違使であった、と。

つまり、罪はケガレであり、葬式のような通常の営みであっても、それが占いでケガレと認定されたときは罪となって罰としてのはらいを行なう必要

1弾正台　官人の取り締まりを担当。
2刑部省　訴訟裁判、罪人の処罰を担当。
3京職　京内の取り締まり担当。
4陰陽寮　天文、暦、占いなどを担当。
5神祇官　神事行政を担当。

があった。検非違使はそうしたきよめに責任を負っていた役所であった。このように、日本人の伝統的な刑罰観に、罪悪は中心から周辺にはらい、きよめるものとする思想が確固として存在した。

他方、これと並行して、人によって犯された罪悪は、公的な法令によってその個人がつぐなわなければならないとする応報の刑罰観念もつよまっていく。こちらは中国の律令などの導入によって後に整備されたものであった。両者は絡み合いながら、日本人の刑罰観を形成することになったのであるが、はらいときよめの刑罰観が日本社会から消え去ることはけっしてなかった。

罪を焼却する

日本の罪過をはらい捨てる手段として注目されるのは、大きく《水》から《火》へという推移がみられることである。一貫して「水に流す」ことは重視されたが、中世以降、「火で焼却する」手段が刑罰に登場してきた。

中世、荘園《しょうえん》*1の領主が支配下の荘園の領民に課す刑罰として、もっとも普遍的な種類は、犯人を荘園内から追放することと、犯人の住宅を検封（立入り禁止）・破壊・焼却することの組み合わせであった。そこでは犯罪の種類はほとんど問題とされていない。夜討ち・人殺し・傷害・強盗・窃盗《せっとう》・

水に罪悪を流す
富山県滑川のネブタ流し

1荘園　田地を中心とした私的所有地。

博打《ばくち》・他人の田を刈るなどの重罪から、暴力・悪口雑言・虚言などの比較的軽い罪でも、右の追放と、住宅の立入り禁止・破壊・焼却との二種の刑が組み合わされていた。

この立ち入り禁止以下の三つのなかで、とくに重視されたのは焼却であった。

中世になって、火で焼くという手段が取り入れられ、水と併用されていた。しかし、あらゆる罪ははらい捨てるという、日本人の根本観念がかたく守られていたことがうかがえる。

日本の祭祀で、始めと終わりに行なわれる悪鬼や災難の除去が、水に流す作法を保持しながら、中世以降、火で焼く作法を併用し、両者を融合させた湯できよめる湯立て神楽*2などがさかんになった事実とみごとに対応している。

水で流すことは、先の祝詞の文句からもあきらかなように、川の女神、海の女神などに代表される日本本来の大地の神々への信仰である。他方、火で焼いて煙として天に返すことは、大陸伝来の天の信仰の影響であった。

大陸、ことに中国では、天を他界と観念し、古代から北極星の象徴として

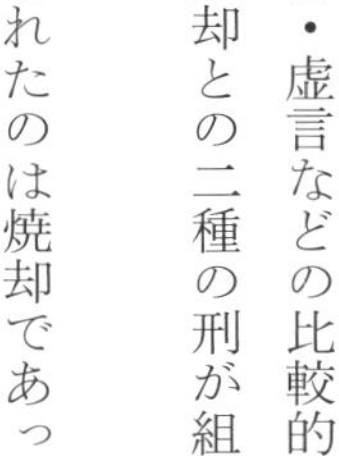

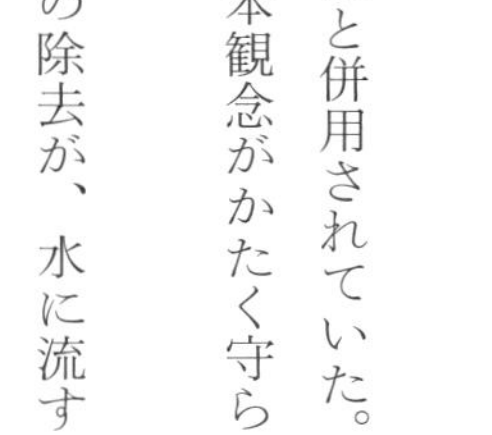

火と水の結合した
湯立て神楽
長野県遠山の霜月神楽
愛知県東栄の花祭り
芳賀日出男
『日本の祭りと芸能』
小峰書店、一九九五年

2湯立て神楽　中世以降盛んになった神楽。天竜川沿岸で行われる花祭りが有名。

の道教の玉皇帝に代表されるように、星を神格化した天の神々に対する信仰がつよく存在した。罪科は焼いて煙として天に送りこんでいた。この大陸の影響が日本に及んで、中世以来ケガレをはらう手段として火が重視されるようになったのである。

親鸞のいう十罪十悪つまりすべての悪が、大海に注いで浄化されるという教えの意味するところをふかく考えるべきであろう。親鸞は罪ははらい捨てて海へ送るという日本人の伝統的罪悪観を浄土信仰と結合させたのである。しかも驚くべきことに、罪ははらうものという日本人の伝統観念は、近世以降現代にまで生きのびていくのである。

3　刑罰の中心は追放――いまにつづくはらいときよめ――

罪人を周辺へ追放する

江戸時代の流罪については、八代将軍吉宗（下図参照）によって整備された刑法典『公事方御定書《くじがたおさだめがき》』に規定がある。この法典はそれまでの慣習法を整備し、文章化したもので、江戸時代の刑法体系の総合であった。しかも、この法典の規定の中心もまた罪人を

八代将軍吉宗

追いはらう追放刑であった。

その追放刑にはさまざまな形態があった。

「遠島」は、江戸からは大島ほかの伊豆七島、京・大坂などの西日本からは薩摩・五島の島々や・隠岐《おき》・壱岐《いき》などに罪人を流した。

罪人を居住地から追放する刑罰は、流罪《るざい》の「遠島」にかぎられなかった。「所払い《ところばらい》」は流罪先を決めず居住地への立ち入りを禁じた刑であった。それまで追払いといっていた名称を、享保六年（一七二一）に幕府は所払いに改めた。在方《ざいがた》の者は居住する村へ、町方の者は居住する町への立入りを禁じた刑で、幕府法だけではなく各藩にもこの刑は適用された。

所払いを江戸に限り、しかももっと重くした刑が「江戸払い」であった。江戸の品川・板橋・千住・四谷大木戸《よつやおおきど》＊1の内と、本所・深川の町奉行支配地への立入りを禁じた刑であった。江戸居住以外の在方居住者については居村への立入りを合わせて禁じた。犯行が利欲から出ていた場合には、田畑家屋敷も没収された。

この江戸払いをさらに重くした刑が「江戸十里四方お構い」であった。江戸の日本橋を中心に五里四方、さしわたし十里内への立入りを禁じた刑で、

1 **四谷大木戸** 江戸から甲州街道への出入り口にあった関所。

江戸居住者以外の者には居村への立入りを禁じ、利欲がからんだ場合に没収が付加されたことは江戸払いと同じであった。

江戸時代、罪悪を犯した者は、その犯罪の種類にそれほど関わりなく、中心から追い払わなければならない、という、日本の古代からのはらいときよめの強い観念が保存されていたことがあきらかである。

いまにつづくはらいときよめ

明治以降の刑法は、次のような歴史を経て日本社会に定着していった。そこでも流刑は生きつづけていた。

その最初は、明治三年（一八七〇）の「新律綱領」で、以下の規定があった。

笞刑《たいけい》・杖刑《じょうけい》・徒刑《とけい》（重労働）・流刑《るけい》・死刑の五種の正刑と、士族に対する寛大な刑の閏刑《じゅんけい》（謹慎・閉門・禁錮・辺戎《へんじゅ》・自裁）

閏刑にふくまれる辺戎は国境守備に派遣することで、一種の流刑である。正刑の流刑と合わせて、このようにはらいやきよめの精神と結合した流刑は、明治六年、明治十五年と改訂されつづけた刑法でもそのままに生きのびている。流刑が法令から完全に消えたのは、明治四十一年（一九〇八）にドイツ刑法の影響下に制定施行された現行刑法からであった。

しかし、流刑の理念がまったく消え去ったのではなかった。法社会学者の河合幹雄《みきお》氏は日本人の犯罪について次のような説明をしている。

以前、日本では、犯罪をかさねた者は、ヤクザの世界などの「境界」の向こうに隔離するか、刑事や保護官といった「現場の鬼」が彼らにサシで対面して謝罪させ、こちらの社会へ復帰する世話をしてきた。そうした裁量によって犯罪を「ケガレ」として一括する境界線が維持され、安全神話が語られた。

ケガレとしての犯罪観がごく最近まで生き延びていたのだという指摘は注目される。近代のフランスやドイツの刑法の移入のなかで、刑法の条例からは完全に抹消された伝統的なケガレとはらい・きよめの刑罰観は、ベテランの刑事や保護官の個人裁量として、依然、日本人の刑罰の意識から消え失せてはいなかったのである。

親鸞が把握した悪人、そして大海に流れこんで阿弥陀の慈悲によって消滅する罪は、このように日本人の過去から現在まで貫徹する罪悪観にそのままつながっていた。

現世と他界の往来

親鸞の説く浄土往還は、悪人論と関連して、日本人が注目しなければならない教えである。

浄土に往生した死者はそこで永遠の生命を得て永住する。これが浄土教の先人たちが説いた教えであった。現世に苦しむ衆生を救済するためにこの世にもどってくることができるのは特殊な願を起こした仏菩薩だけであった。

これに対して、親鸞は、浄土に往生したすべての人たちが浄土と現世を往還して苦しむ衆生の救済につとめると説いた（「死者の浄土現世往還」98ページ）。

これもまた驚くべき思想である。ここでも親鸞は日本人の伝統的な死者観・

他界観を発見して、自己の教義にとりこんでいたのである。

一九六〇年代に、アメリカ人の宗教学者ロバート・ニーリー・ベラー*1は著書『社会変革と宗教倫理』で、有名な宗教五段階論をとなえている。

彼は、宗教を、原始・古代・有史・近代・現代の五段階に区分した。原始は、生活している人間と神が一体化しており、神話世界と人間世界も一体化している。社会の誰もが宗教人であり神は常に人とともにいて、神を祀るための専門的な役割の人はいない。次の古代の段階になって、神の世界と人間の世界が分離し、神は神の世界にいて、人間は必要に応じて神をよんできて、用がすめば神を送り返す。そのために神を招き、送り返す特殊な力を持った職業的、あるいは半職業的な人＝シャーマンが誕生した。

この五段階論は、単純進化論と考えず、同一社会に異なる複数の段階が並存することがあると考えると、日本へも適用できる。日本にも神と人が一体化していた時代があった。

日本人の古代の他界観の重要な特色として、まずあげられることは現世との連続性である。人は生きたままで現世と他界を往来できた。これが他界観の原型であった。


*1ロバート・ニーリー・ベラー　一九二七年生まれ。社会学者。

他界と現世との連続とは、他界を構成する要素と、現世を構成する要素が同一であり、そのあいだが連続して、人の往来が自由であったことであった。他界にはこの世と同一の景観が展開し、同じ時間の流れ、山川草木、動物が存在した。他界の住人は現世の人と同じように年をとり、恋もし、悩みもすれば、喜んだり泣いたりもしたのである。

記紀の出雲神話で、高天原を追放されたスサノオノミコトは、その足で出雲国をおとずれて八俣《やまた》の大蛇《おろち》を退治し、のちに根《ね》の国*1に住まいをさだめた。地上で兄たちに生命をねらわれたオオクニヌシノミコトは、そのスサノオの支配する根の国へにげこみ、そこで数々の冒険ののち、スサノオの娘のスセリヒメを得てふたたび地上の国へもどった。

海幸山幸《うみさちやまさち》の神話で、兄のホデリノミコトから借りた釣針をうしなったホオリノミコトは、その釣針をさがしてわたつみの海の宮をおとずれ、三年の月日をすごしたのち、釣針を入手して、ふたたび葦原中国《あしはらのなかつくに》*2、つまり現世にもどっている。

このような例から推して、日本人の原信仰では、現世と他界との往来は自由であったと考えることができる。その段階の、人と神とに、他界への往来

1根の国　参照115ページ注。

2蘆原中国　地上世界。

について本質的違いはなかった。まさにベラーのいう第一期の原始の段階である。

日本人は、『記紀』の神話からあきらかなように、混沌のなかから神とともに誕生した。『日本書紀』神代の第三の一書には、

天と地がまじり合ってできたとき、初めに神人《しんじん》ができた。

とあり、第五の一書には、

天と地がまだ生じないときに……ある一つの物が生じた。ちょうどそれは葦の芽が初めて泥の中に生い出るようであった。たちまち人となった。

とある。この「神人」や「人」は「人の形をした神」と解する説が諸種の注釈書にみられる。しかし、「神人」は、中国の古代の用法にしたがった語で、二字熟語一般の法則通りに、神と人または神のような霊力を持つ人の意味であり、「人」は文字通りに人間である。

『古事記』や『日本書紀』の編集者のイデオロギーにもとづく、天皇家の先祖の神々を別格とする思想からいったん離れると、神と人のあいだに根本的な区別はなかった。古代の思考法では、人は神だったのだ。

このような古代の日本人の神と人の関係を記紀よりもはるかにあざやかに描き出した書が『風土記《ふどき》』である。和銅六年（七一三）の官命によって編集・提出された諸国の地理案内書である。この書には、日本文化のもっとも重要な本質である「神と人の交流」の実態がみごとに表現されている。

諸国の『風土記』の内容の一部を紹介する。

じつに多種多様な神々が登場する。国土の住民はそのまま神でもあった。

それぞれの土地には土地の神がいる。天皇は諸国を巡幸する際には道中の平安を祈り、神意を問うために、その土地の神々に、食事を始めさまざまな供え物をしている（播磨ほか）。土地の神の侍女がほかの土地に移って新しい土地の神になる（播磨）。仏像によく似た石像の神がいる（播磨ほか）。石神には高さ二丈（六メートル余り）に達するものが存在した（出雲）。

韓の国から渡ってきた霊力のすぐれた神がいた（播磨ほか）。神は土地の長であり、多くの土地を占有して、命《みこと》ともよばれていた（播磨ほか）。国土を造りかため正しい国境を定めた神は大神とよばれた（播磨ほか）。神の子は神となる（播磨ほか）。

天にいます神と天から降られた神は千五百万、国の神も千五百万、出雲だけの神は三百九十五万、ほかに海の神がいた（出雲）。この世を造った神がいる（出雲ほか）。神々は人の姿で出現する（豊後）。山は神であり、蛇の神もいる。うぐいすに変身する神もいた（常陸）。

この多様な神々は限りなく人間に近い行動をとっている。神と人間との境はほとんどなかったのである。

土地の神は妾を持ち（播磨）、じしんの住む神社を建造し（播磨）、女の神が男の神を追ってきて、逢えずに恐ろしい祟《たた》り神となっている（播磨）。乱暴な子どもの神が怖ろしくて親の神は船に乗ってにげだした。子の神は怒って親の神の乗った船を破壊してしまった（播磨）。夫婦の神はそれぞれの所有する土地をめぐって、またじしんの田に水を引こうとして、はげしく争っている。水の管理は神の役割であった（播磨ほか）。

神は魚や獣をとらえて食糧とし、稲を搗《つ》き飯を炊いてたべ、料理も作る（播磨・出雲）。またよく土地の占有争いをしていた（播磨）。女神《おんながみ》に求婚して断られ、荒れ狂って水の流れを止めた男神がいる（播磨）。酒を造る神がいる（播磨・出雲）。赤土をかついで旅するのと、糞をしないで旅するのと、どちらが苦しいか、賭けをした神がいる（播磨）。

八千人の大軍を動かす神がいる。大神の旅行には伴がついている（播磨ほか）。父のない子を生んだ女神がいる。その子が酒宴の席で自分の父を選んで酒をささげた（播磨）。村々に木の実を分け与える神がいる（播磨）。

このように、天皇中心のイデオロギーから比較的自由であった『風土記』に登場してくる地方の神々こそが、『古事記』や『日本書紀』の神話に登場する神々よりも、当時の日本人全体の信仰の実態をよりありのままに映し出していたとみることができる。神と人はまだ自由に交流していたのである。というよりは、人は神であったというべきであろう。

神話のほかにも、日本人の伝統的人間観を示す絶好の資料がある。平安時代の初めに国家事業として編纂された戸籍台帳『新撰姓氏録《しょうじろく》』*1である。この戸籍台帳は、京・五畿内に居住する千百八十二の氏族を、皇別《こうべつ》三百三十五氏、神別《しんべつ》四百四氏、諸蛮《しょばん》三百二十六氏、未定雑姓百十七氏に分類して登録していた。皇別は天皇や皇子、神別は天神地祇を祖先とする氏族、諸蛮は中国や朝鮮からの渡来人の子孫、未定雑姓は、先祖不明の人たちである。

『新撰姓氏録』は、その内容が現代の人間中心の合理思考にとってあまりに衝撃的であるために、実証的な史学などに正当に利用されることのない不幸な書である。しかし、ここに記されていることこそが、当時の日本人の一般通念だったのである。

登録された氏族千百八十二氏のうち、皇別・神別が合わせて七百三十九氏、六十三パーセントを占めていた。皇別は天皇家に直接つながる人たちであり、

1新撰姓氏録 弘仁六年(八一五)に万多親王らによって編集された古代氏族の系譜集成。

当然、イザナギ・イザナミ・アマテラスを祖神とする神々の子孫である。神別は、天皇家以外の、天の神や地の神々につながる人たちであった。つまり、渡来人や祖先不明の人たちを除いた、当時の戸籍を把握できる日本人のすべてが、神々の子孫だったのである。

しかし、自由であった現世と他界との往来が、次の段階で、閉じられていった。

イザナギノミコトの黄泉国訪問神話で、イザナギからいっしょにもどってくれといわれたイザナミは、黄泉戸喫《よもつへぐい》すなわち黄泉国《よもつくに》の食物をたべたために現世にはもどれないと答えている。

死者の国の食物をたべた者が、現世へもどれなくなったという話は、神話学者の松村武雄が多くの例を挙げているように、外国にも伝えられている。中国では、冥界で茶を飲んだり、食事をしたりした人間が現世にもどれなくなっていた。根本には、飲食を共にすることによって、異なる世界の人々のあいだにあたらしい繋がりが生まれるという観念が存在していたのである。

そのあと、イザナギはイザナミの死体をのぞき見し、黄泉醜女《よもつしこめ》たちに追われる。最後はイザナミじしんが追ってきたので、イザナギは千引《ちび》きの石《いわ》でこの世と死者の国の境界黄泉比良坂《よもつひらさか》をふさぎ、二つの世界の自由な交通を遮断してしまった。

同じようにのぞき見したことが原因となって、他界との往来が断たれた話は前述の海幸山幸の神話にもみられる。

山幸の子をやどした海神の娘トヨタマビメは「見るな」と夫に告げて産屋《うぶや》にこもる。その禁を破って山幸がのぞくとトヨタマビメは巨大なワニの正体を現わしてのたうっていた。夫に正体を見られたことを知ったトヨタマビメは、生んだ子をのこして海神の宮に去り、それまで可能であった陸と海との往来は永遠に閉じられてしまった。

古代人の認識では「見る」ことは相手の正体を知るだけではなく、相手を支配し、管理することをも意味していた。「見る」という行為によって、自然界と人間界、神と人、死と生などが混沌として一つになっていた原始の段階が終わり、両方が分かれる秩序と文明の段階が訪れる。まさにベラーのいう第二の段階、古代の開始である。

神と人が一体と観念されていた段階から、神と人はべつと考える段階への推移を神話や伝説で説明してきた。重要な問題であるので宗教史の視点からも検討してみよう。

先に引用したロバート・ニーリー・ベラーは、神と人が分離する古代の段階について「神は神の世界にいて、人間は必要に応じて神をよんできて、用がすめば神を送り返す。そのために神を招き、送り返す特殊な力を持った職業的、あるいは半職業的な人＝シャーマンが誕生した」と説明している。この説明にあるような、男性または女性の巫《ふ》であるシャーマンが神と人の仲介する原始宗教をシャーマニズムという。本書でこれまでも言及してきた信仰形態である。

シャーマニズムがほかの宗教と異なる重要な特質は、シャーマンが霊的な存在との交渉においてある種の没我の状態（トランス）におちいることであり、その没我の状態には基本的に二つのタイプがある。一つはシャーマンの霊魂が身体の外に出て、天・地下などの他界におもむく脱魂《だっこん》（エクスタシー）型（下図参照）であり、ほかの一つはある神または精霊がシャーマンの身体内に入りこんでくる憑依《ひょうい》（ポゼッション）型である。

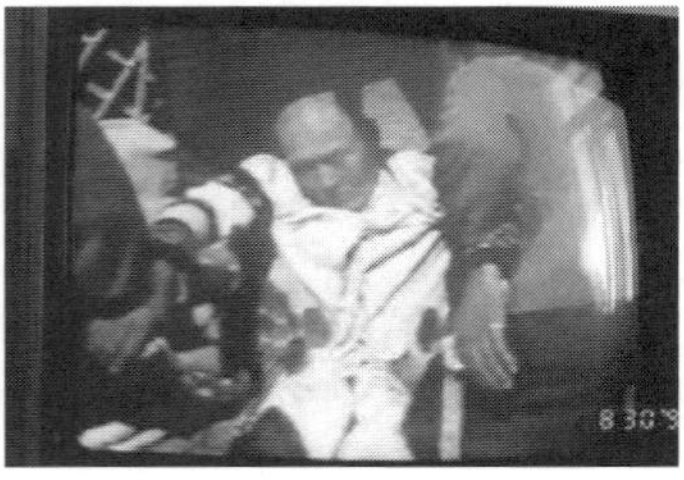

中国内蒙古自治区満族の脱魂型巫

ベラーがいう「人間は必要に応じて神をよんできて、用がすめば神を送り返す」というシャーマニズムは、憑依（ポゼッション）型をさしていて、じつは、その前段階に人の霊魂が神の国へおもむく脱魂（エクスタシー）型が存在する。

神と人が一体であったベラーの原始の段階から神と人が分離する古代の段階に推移する際に、過渡期の段階として人の霊魂が神の国つまり他界へ訪れて神と一体化する脱魂の段階があったのである。

脱魂型のシャーマンは日本の本土ではみられなくなったが、沖縄の女性シャーマンのユタ（下図参照）が巫女に成る成巫儀礼などにはこの現象が起こる。また、私が調査した中国北部の吉林省・黒竜江省などの少数民族社会では、いまも男性の脱魂型シャーマンが活躍している。

脱魂型シャーマニズムは生業体系の変化、採集狩猟経済から農耕経済への変化にともなって、憑依型シャーマニズムへ移りかわる。

その逆に、脱魂型のまえに神と人が同一と観念された原始の時代があった。

シャーマニズムは特殊な能力をそなえたシャーマンの体験であり、人間一

沖縄久高島ユタ

津軽イタコ
『日本宗教民俗図典　巻2』（一九八五年法蔵館）より

［憑依型シャーマン］

般が持つ能力ではない。生きている一般の人間にとっての他界は閉ざされてしまったが、しかし、霊魂なら、一般人でも死者の霊魂ならべつであった。霊魂なら自由に現世と他界を往来できた。次の章以下にくわしくみていこう。

日本人の霊魂観

1 霊魂の認識

生きた人の身体から霊魂の脱け出すシャーマニズムとはべつに、死は身体から霊魂が遊離することであり、その霊魂なら自由に現世と他界を往来できるという観念をも、人類は、そして日本人も育てていた。

そもそも人類はどのようにして霊魂《れいこん》を認識したのであろうか。

万物に霊魂・アニマが存在するという信仰をアニミズムという。アニミズムは、十九世紀の末に、英国の人類学者E・B・タイラー（下図参照）が宗

エドワード・バーネット・タイラー
（一八三二年—一九一七年）

教の起源を説明するために提唱した概念であった。

彼が、人間が霊魂を認知するきっかけとしてあげたものは、睡眠、夢想、幻覚である。これら一連の生理現象のなかで、人間は、死人と出逢い、時所《じしょ》を超越してなつかしい人や物に再会することができる。そうした体験をとおして、人間は肉体とは異なる霊的存在を考えだしたと彼は主張した。タイラーのいう霊的存在は、死霊《しりょう》、精霊、悪鬼、神性、神々などをひろくふくんでいたが、要約すれば広義の霊魂・アニマである。アニミズムとよばれる理由である。

中国で霊魂の存在を認識した実年代は一万年をはるかにさかのぼる。生存年代が五十万年から二十万年まえと推定されている中国の北京原人《ぺきんげんじん》の遺骨は、北京郊外周口店竜骨山洞窟に散乱して発見された。死体に価値はなかったようである。しかし、そののち、その山頂で新しく見つかった、一万八千年まえの山頂洞人の遺骨周辺には、邪悪を防ぐ力を持つと信じられている朱砂（酸化鉄の粉）が撒かれていた。あきらかに、この段階になって、死者の霊魂の存在を信じるようになっていたのであった。

日本でも、一万三千年まえの縄文遺骨に同じ朱砂が散布されている。そのころ日本人も死者の霊魂の存在を信じるようになっていた。

遺骨の周りに魔よけの朱砂をまき、遺骨を護るという行為の背景には、その遺骨に霊魂がやどり、しかも、死後もその遺骨に霊魂がとどまっているという観念の存在を前提としている。おそらく、人類が最初に認識した霊魂は、このように、死後も死体にとどまりつづける霊魂であった。

しかし、まもなく人類は、死後、身体にとどまる霊魂と身体から離れる霊魂の二種を、認めるようになった。

2 身体を離れる霊魂

自由霊と身体霊

さきにタイラーのアニミズム論を紹介した。彼が、霊魂認識のきっかけとしてあげた、夢、幻覚などは、生きている人間の生理現象である。このようにして人類が認識した霊魂は、生者の身体にとどまる霊魂であった。

しかし、人類は、この生理現象とはべつに、死者の観察からも霊魂を認識したのだと、私は考える。

動物と人間とを含めて、死者に対する観察が重要な霊魂認識のきっかけとなった。生きているときは、動物も人間も眼をあけ、口から音を発し、鼻や口で呼吸しているが、死ねばすべては閉じられ、働きはとまる。死ぬということは、何か大切なものが、動物や人間の身体、ことに頭部からぬけだしていくことらしい。このような観察の積み重ねのなかで、人間は霊魂の存在を認識し、しかもその在り処を頭部（下図参照）と考え、さらに霊魂の存在を人間や動物以外にもおよぼし、認めていった。

この死体の観察から認められた霊魂は、身体から離脱する霊魂であった。その霊魂が頭部に宿ると信じていたことは、人類に普遍的な頭蓋骨信仰*1、首狩りの習俗、仮面の誕生などから推定される。

中国の漢民族は、すくなくとも霊魂は二種あると、はやくから信じていた。魂《こん》と魄《はく》である。人間の霊魂のなかで、陽の働きをして精神をつかさどるものを魂といい、陰の働きをして形骸をつかさどるものを魄といった。紀元前成立の歴史書『春秋左氏伝《しゅんじゅうさしでん》』*2に記述されている。

> 人間が生まれて、最初に動き出すのを魄といいますが、魄ができますと、陽、すなわち霊妙な精神もできます。それを魂といいます。さまざまな物

雪旦『江戸名所図会』
神田明神祭礼　首の信仰
酒呑童子の首

1頭蓋骨信仰　狩猟民の動物の頭に対する信仰に象徴されるように、霊魂はその個体の頭部に宿るとする信仰。

2春秋左氏伝　孔子の編纂と伝えられる歴史書『春秋』の注釈書。

を用いて肉体を養うのに、そのすぐれた精気が多いと魂も魄も強くなります。そこでその魂魄が精明になると天地の神々と同じ働きをするようになります。

この二種は人類に普遍的に信じられている自由霊と身体霊であった。自由霊とは身体を離れて自由に動く霊魂である。魂がそれにあたる。これに対する身体霊は、身体に死後も止まる霊魂であった。魄である。おそらく、シャーマニズムの脱魂型と憑霊型の二型の観察ともむすびついて誕生した霊魂観であった。

日本人はどうか。古代の日本人はすくなくとも四種の霊魂を考えていたようである。荒魂《あらたま》・和魂《にぎたま》・幸魂《さきたま》・奇魂《くしたま》の四つである。いずれも『日本書紀』に出てくる。霊魂の働きを、勇武・柔和、幸福・霊妙と、対比してとらえたようである。複数の霊魂、それも数の多い霊魂の種類を考えることは、日本人にかぎられない。中国の少数民族にもふつうにみられる現象である。

以上の働きや機能に注目した霊魂観とはべつに、日本人の基本となった霊魂観も、全人類に共通する、存在の在り方に注目する霊魂観の自由霊と身体霊の二種であった。次の歌はその自由霊を詠んでいる。

なげきわび空に乱るる我が魂をむすびとどめよしたがえのつま（『源氏物語』葵）

「したがえ」は下前で、着物の前を合わせたときに内側になる部分。「つま」は着物の裾。その裾を結びあわせると離れていった自由霊が身体にもどってくるという俗信があった。自分の意志とは関係なしに離れていく自由霊を着物の裾を結びあわせて身体にとどめようとするまじないの歌である。

次の文は身体霊を表現している。

うしろめたげにのみ思しおくめりし亡き御魂《みたま》にさえ瑕《きず》やつけ奉らんと（『源氏物語』椎本）

姫君の身の上をいつも心配しておられた亡き父八の宮の御霊にまで、きずをおつけすることになりはしないか、という文意。「亡き御魂」は亡くなった父宮の身体に止まりつづける身体霊をさしている。

一般的に、日本人の身体霊に対する関心は薄く、死は身体から動く霊魂が離れることであり、霊魂がもどれば蘇生するという、自由霊重視の観念が日本人にはつよかったようである。その蘇生に際しては、身体重視と身体軽視の矛盾する二つの観念が古代から日本の庶民社会に共存していた。多様な民族と文化を受け入れ、そのままに保存・温存してきた日本社会の複雑さがそこにも現われている。

身体重視——日本

まず、日本古代の身体重視の例をあげよう。死者は霊魂が身体にもどれば生き返ることができるという信仰は、神話や伝説・物語の類にひろくみることができる。

はやく『日本書紀』の仁徳天皇の記録に、自殺した弟の死を悲しんだ天皇が、遺体にまたがって名を三度よぶとよみがえった話が出てくる。このような伝承の分野だけではなく、日本人の死者の弔い方の実際の民俗からも身体重視の観念をうかがうことができる。神話などの伝承は、この実際民俗の反映であった。

秋田県大湯《おおゆ》野中堂《のなかどう》・万座の縄文遺跡は、石がまるく並べられている環状列石の祭祀遺跡である。この円形空間から人間の脂肪酸が検出されていて、墓域であったろうという説が優勢である。周辺は居住区域であり、死者と生者が同じ区域で融和している。死者と生者が同居し、あるいは、隣接して住む縄文の習俗の根底には、霊魂不滅思想による現世の人間の保護と、死者の蘇生への期待があったのではないであろうか。

同様に、死者の身体を日常生活する居間の下に葬り、子孫の保護と死者の蘇生を期待する実例を台湾の原住民ツォウ族の社会の実地調査で私は確認している。

また、鹿児島県南種子町《みなみたねまち》広田弥生遺跡からは幼児人骨が出土している。その骨は、逆さに埋められて底に穴の空いた甕棺《かめかん》におさめられていた。幼児は成人と区別して弔われている。甕棺は母の胎内であり、幼児の復活を期待した弔い方である。

沖縄に「マブイグミ（魂籠め）」とよばれる習俗がある。子どもが亡くなったときに、麻糸に子どもの年齢だけの結び目を作り、輪にした麻糸のなかに魂を追い込む動作をくり返し、そのあと、その麻糸を死んだ子の首にかける。身体から抜け出た霊魂をもう一度子どもの身体にもどして再生させようという呪術である。

日本人社会に広まっていた「魂《たま》呼ばい」または「魂呼び」も死者や気絶者の霊魂をよびもどす呪法である。多くは枕元や屋根のうえで名をよんだり、布を振ったりする。古代から文献に記録があり、現在も福島、新潟（下図参照）などの民俗に見ることができる。

魂は簡単に身体から遊離するが、身体が保存されてあって、魂がもどれば生き返ることができるという信仰である。

この日本死者観と似ていて大きく相違するのが大陸の死者観である。

身体重視――中国・朝鮮――

日本と大陸との死者観の違いを認識しておくことは、親鸞を理解するうえで、さらに現代にまでつづく二つの文化の相違を考えるうえで、きわめて重大な関わりを持つので、丁寧に検討しておく。

中国や朝鮮半島では、身体重視は先の日本の例と共通するが、魂《こん》と魄《はく》の両者にともに関心がつよく、死体にとどまる魄のあり方が重視される。魂は死後に身体から離れるが、その魂がもどってくる場所は故郷に子孫によって保存された魄の宿った身体である。もし故郷と身体がよく制御されておらず、

新潟県中越山古志村
屋根から落ちた事故者の魂呼ばい

魂のもどる場所がうしなわれると、災害を招くことになるという信仰である。前掲の『春秋左氏伝』[*1]にも、魂と魄は落ち着く先がうしなわれると激しい祟りを働くとのべられていた。

この中国の死者観を知るうえで重要な手がかりを提供してくれるのが、中国で始まって東アジア社会にひろがった風水論である。風水論とは、簡単にいえば生者と死者が存在するためのよりよい環境を論じることで、死者の身体のあり方が重要な対象になっている。

中国の晋代（三世紀～五世紀）に成立した葬式の風水について記した著者未詳の『葬書《そうしょ》』[*2]という書物に次のような記述がある。

人が生まれるのは気が集まって固まり、骨となるからである。死ねば骨だけが残る。葬とは拡散した気を骨に再び入れて、生まれることを助ける方法である。死者を地中に埋葬するのは生気を注ぐためである。五行のそれぞれの気は地中をめぐって、萬物を生み出しているのである。人はその身体を父母の骨から受け、気を得てその身体を完全にする。

*1 春秋左氏伝　参照153ページ注。

*2 葬書　中国晋代の郭璞（かくはく、三世紀から四世紀）の著と伝えられる墓地についての風水論書。

《気》ということばが出てきた。気は宇宙に遍在する眼には見えない活力である。あらゆる存在はこの気によって本来の働きが生まれる。気は風に乗って移動し、水にさえぎられて止まる。そこから風水の理論が誕生した。

その気の対立する二つの基本の性質を陰陽といい、その二つの気が離合集散して形成した万物構成の元素が、木火土金水の五行である。中国古代哲学を代表する陰陽五行論である。

死者を地中に埋葬する目的は、この気を人骨に注入して再生させるためである。この『葬書』がのべる気についての考えは古代中国の普遍的な観念であった。戦国時代の思想書『孟子』には「気は天地の間に満つ」とあり、同時代の『管子《かんし》』には「気は身に充満す」とある。気が人の生命現象と関わることについては、『荘子《そうじ》』に「気は変じて形となり、人の生命は気の集まりなり」とのべられていた。

さきの『葬書』は続けていう。「人がこの世に誕生するのは父母から骨を受け、そこに気を注入して完全な身体となるからである。死人を地中に埋葬するのは、遺骨を保存し、その遺骨に気を注いで、子孫を誕生させるためである」、と。
このように中国では死者の遺骨を大切にし、死者の埋葬を重視してきた。この気と遺骨との関係の根底にはさらに大陸の霊魂観が存在した。中国人が、すくなくとも霊魂は二種あると、はやくから信じていたことについてはすでにのべた（「自由霊と身体霊」152ページ）。魂と魄である。

この霊魂と気はどのような関係にあるのであろうか。

気と魂魄との関係を示す分かりやすい記述が、前漢時代に成立した儒教経典『礼記《らいき》』の「郊特牲《こうとくせい》」という章に見られる。この章題の意味は郊外の祭礼に供える犠牲の仔牛のことで、主として天子の祭礼の執行方法を論じている。

魂気は天に帰し、形魄は地に帰す。故に祭りはこれを陰陽に求める義なり。

人が死ぬと魂の気は天に帰り、形つまり身体に宿る魄は地に帰る。従って、人の死を祀る葬儀は魄と魂を陰陽つまり地と天に求めて一つにすることである。ここでのべられている死者観は、さきの『葬書』や前漢時代の道教経典『淮南子《えなんじ》』*1などにのべられる死者観とも完全に一致している。中国古代の

1 **淮南子**　中国道教関係の書。前漢時代の劉安（りゅうあん、紀元前二世紀）の編集とされる。

きわめて普遍的な死者観であったことが分かる。注目されるのは、自由霊の魂は気そのものであり、身体霊の魄は形に宿るものとされていることである。ここで中国人は霊魂や気と神との関係をどのように考えていたのか、という興味ぶかい問題が生まれてきた。

魂は気であり、そして魂と気は神でもあった。

さきに引用した『春秋左氏伝』でも「魂魄が精明になると天地の神々と同じ働きをするようになる」とのべられている。同じ考えがもっと明確に『礼《らい》記《き》』の「祭義」に記されている。弟子から鬼神とは何かと問われた孔子が次のように答えている。

> 気とは神の盛りである。魄とは鬼《き》の盛りである。鬼と神を一つにすることがもっとも大切なのである。人は必ず死ぬ。死ねば必ず土に帰る。骨や肉は地の下に朽ちて、埋もれたままに野の土になる。気は天上に浮かび上がって神明となる。

魂《こん》は気であり神であり、対する魄《はく》は死者を意味する鬼であり、魂の気と一

孔子『歴代古人像賛』上海古籍出版社、一九八八年

つに成る機会をうしなうと死体は土にかえるということである。ここにも、人は神であったという、さきに引用したベラーのいう《原始》の段階から神と人が分かれる《古代》の段階へ移る過渡期の、神と人についての観念を認めることができる。

中国古代の気、魂魄《こんぱく》、鬼神の論はこうして一つにつながり、中国人、そして朝鮮人が死者の祀りを大切にする理由を示しているのである。

霊魂のうち、肉体を離れる魂は気であり神でもある。他方、肉体に止まる魄は死体に宿り、遺骨が子孫によって大切に保存されているときは、そこに魂がもどり、魂魄は一つになって、死者は蘇ることができる。もし、遺骨が大切に保存されていないときには、魂はもどるところをうしない、魄は鬼のままに止まって激しい祟《たた》りを働く。

そのため、中国人や朝鮮半島の人たちは、古代から現代まで、祖先祭祀を重視する傾向が日本人よりもはるかにつよく、葬儀は可能なかぎり盛大に行なう。死者を悲しんで葬送の先頭に立って大声で泣く泣き女の習俗はいまも行なわれている。

子孫によって篤《あつ》く弔《とむら》われた死者の霊魂は祖先霊に昇格して家族や子孫、ほかの人間とも平和な関係を保つことができるが、子孫に弔われなければ魂と魄は落ち着き先をうしなって悪鬼となる。

この教えは道教や儒教、ことに儒教の徳目の《孝《こう》》の中心理念として力説された。いまでも大陸で大きな影響をあたえている死者観である。

このような信仰から中国や韓国では、葬儀だけではなく、死者の墓を大切にし、子孫は可能な限り立派な墓を造って供養する。私は大陸でそのような豪勢な墓をいくつも見、なかに入って歩き廻ったこともある。秦《しん》の始皇帝《しこうてい》陵に代表される壮大な権力者の墓はその代表例であり、日本の古墳や天皇陵もその強力な影響下に築造された。

沖縄の人たちが競って大きな墓を造（165ページ図参照）るのも、本土よりは大陸の風を継承しているからである。

これらは、おそらく生業と死体腐敗の速度の違いによる。死体や遺骨が永く保存される乾燥地帯の大陸では、日本よりも死体が重視される。地球上のミイラ信仰*1の分布が乾燥地帯に稠密《ちょうみつ》であることにも同じ理由が考えられる。

しかし、日本の一般庶民は中国や朝鮮とは違う死者観のなかに生きていた。身体軽視である。

秦始皇帝と始皇帝陵の兵馬俑『話説中華文明』広東旅游出版社、二〇〇六年

1ミイラ信仰 復活を願って死体を保存する信仰。

3　身体の軽視

植物の種子が大地のなかで腐敗して新しい芽を生み、獣や魚がその身体を人間の食料として提供しながら、獣が山中で、魚が海中で、新しく成長してもどってくる。この自然界の循環が、人間の生死にも類推・適用され、再生に死体は必要ではないという観念を育てた。

前述した再生には身体が必要という観念とは別に、身体は必要ではなく、霊魂だけで再生できるという観念も日本人は育てていた。こちらのほうが、身体重視よりもはるかに強力な日本人の死者観であった。動植物、ことに植物を食物とする農耕や漁業を主要な生業としてきた日本人の生き方と環境が生みだした観念であった。

秋川雅史《あきかわまさふみ》*2の大ヒット曲「千の風になって」*3は、

私のお墓のまえで　泣かないでください
そこに私はいません　眠ってなんかいません
千の風に　千の風になって

沖縄久高島の各家の墓

2 **秋川雅史**　日本のテノール歌手。
3 **千の風になって**　新井満［訳詞］・作曲。

あの大きな空を　吹き渡っています

とうたっている。この訳詞はまさに身体不要の霊魂観《れいこんかん》そのものである。日本人に確固として継承されてきた霊魂観に訴えかけたところに、この歌のヒットの秘密があった。

二〇一四年、韓国珍島《チンド》沖で修学旅行生を多数乗せた観光船セウォル号の沈没という不幸な海難事故が起きた。その際に韓国の人気歌手イム・ヒョンジュが「千の風になって」を韓国語訳で、追悼曲として歌い大ヒットになった。しかし、歌い出しは「私の写真のまえで泣かないでください」と改められ、千の風になって吹き渡る箇所は「朝はヒバリになり寝ているあなたを起こします」と替えられた。

日本の身体軽視の霊魂観に対し、身体ことに遺骨を重視し墓を大切にする韓国では、霊魂が墓に止まらず、風となって吹き渡る「千の風になって」の歌詞をそのままで歌うことはできないのであった。もしそのような遊離魂が存在するとすれば、子孫に弔われず、悪鬼《あっき》となって祟《たた》る死霊《しりょう》にほかならない。

靖国神社への首相・閣僚参拝に対する日本と中韓両国の対応の違いにもじ

つはこの霊魂観、死者観の相違がふかく関わっている。靖国参拝の問題を論じるときに、そのことを私たちは肝に銘じておく必要がある。

靖国神社に葬られている戦死者は、中国や韓国の人たちの霊魂観・死者観によれば、子孫の参拝を受けることによって復活することができるのである。首相や閣僚の参拝は、戦死者の再生の祈願である。日本人のように、霊魂は風となって吹き渡り、かならずしも神社の祭壇に止まっているのではないとは、考えないのである。

いま、日本の社会に、樹木の元に死者を葬る樹木葬、川や海に遺骨を撒《ま》く散骨が再認識されてきている風潮もこの視点で考える必要がある。二〇一四年四月三日の『朝日新聞』夕刊には「あの人の粉骨私の手で」という大きな見出しで、次のように伝えていた。

葬送の方法が多様化するなかで広がる散骨。そのために骨を粉にする「粉《ふん》骨《こつ》」を遺族自らの手でやりたいと希望する人が出てきた。

そんなニーズを受け、機器をレンタルする業者や作業の「助っ人」も現われたというのである。

仏教の伝来によって日本人の死者観念も大きく変わり、身体重視につながる遺骨を大切にする死者観を育てた。のちにていねいにのべる（「霊肉分離―親鸞の遺言―」172ページ、「日本の幽霊―死者の浄土往還―」176ページ）。

しかし、その影響を可能な限り排除して、頑固に身体を軽んじ、霊魂を重視する伝統的な死者観をほぼそのままに現在も維持し続けている土地が少なくない。

宮崎県西都《さいと》市銀鏡《しろみ》の伝統では、各家の先祖棚に祀られる死者は神であって、葬儀は神式で営まれ、仏教の僧侶の回向を拒否している。

仏教の年忌や墓の造営の習俗は一応取り入れながら、伝統的な死者観念を守りつづけている地方もある。対馬《つしま》では葬儀は仏式で実施するが、位牌は寺に納めて、以後、子孫が祀《まつ》ることはない。また、兵庫県や青森県では、仏式の年忌法要を十七回忌か三十三回忌で終わらせ、「弔《とむら》い上《あ》げ」にする。以後、死者は一般の神になる。その際に、葉がついたままの生木《なまき》を卒塔婆《そとば》として用いる「生き塔婆」の習慣が守られている。樹木が神の降臨《こうりん》する依代《よりしろ》になるのである。いま流行の樹木葬《じゅもくそう》の原型である。

仏教に従って死者の身体を埋める埋め墓を造るが、ほかに参り墓を造り、霊魂はその参り墓に止まると観念し、参り墓は立派に造り、埋め墓は粗末に造る地方もある。香川県多度津の佐柳島《さなぎしま》である。ここでは墓地の手前に東の海に向けて参り墓を造り、埋め墓はその奥に西に向けて造り、外観もみすぼらしいものである。両墓制といわれる習俗である。

仏教の伝来によって日本人の死者観は大きく変わったが、その変化のなかにも伝統的な死者観、弔い方は守られてきたのである。身体から離れる霊魂を大切にし、身体や身体に止まる霊魂を軽視する習俗である。

4　子孫に恵みをもたらす霊魂

身体を離れる遊離魂、自由霊は、やがて子孫に恩恵をもたらす霊魂に変化する。その霊魂が、祖霊とよばれる。

この日本人の霊魂観について、はやく、柳田国男《やなぎたくにお》は「先祖の話」のなかで次のように説いていた。

（一）　人は死んでもこの国のなかに霊はとどまって遠くへは行かないと

思っていた。

(二)　顕幽《けんゆう》二界の交通が頻繁と行なわれ、単に春秋の定期の祭りだけではなく、どちらか一方だけの意志によって招き、招かれることがそれほど困難ではなかった。

(三)　生きている人のいまわの念願が死後に達成される。

(四)　死者はふたたび、みたび生まれかわって子孫をたすける。

この考えは、要するに、篤《あつ》く尊崇《そんすう》された先祖の霊が子孫に恩恵をほどこすという祖霊信仰である。この柳田説に対しては、歴史学者の津田左右吉《そうきち》＊1のように、日本の古代において、宗教的な性格を持つ祖先崇拝の観念はなかったという反対意見も出たが、日本の古代に先祖の霊を祀《まつ》る信仰が存在したことは疑いがない。

ただ、柳田は、祖霊信仰があらゆる霊魂観に優先して存在したとのべるだけで、この信仰がさかんになるための歴史的な条件をほとんど考慮していなかった。

祖霊信仰の誕生は、家、家族の成立とふかくかかわっている。したがって、

1 **津田左右吉**　大正・昭和の歴史学者・思想家。

その社会の生産構造、生業《せいぎょう》によって信仰の形態を異にし、日本で祖霊信仰が顕著にみられるようになったのは定着農耕が行なわれてからであった。

最近の研究では、日本では、二千六百年まえの縄文晩期（最近、この時期を弥生時代の始まりとする国立歴史民俗学博物館チームの説が出されて論議をよんだ）には佐賀県唐津市の菜畑《なばたけ》遺跡から水田稲作の遺跡が発見されている。

定着農耕はそれまでの焼畑農耕などに比較して、

共同労働が必要である

耕地が子孫に伝えられる

という二つの性格をそなえるため、自然発生の群れとしての家族とは区別される、社会的制度としての家や家族を生みだす。家や家族は、その永続と成員の幸福を願って祖霊信仰を誕生させる重要な基盤となった。

さらに、作物、ことに稲の、種まき→発芽→開花→結実→枯死というサイクルが、人間の、誕生→成人→結婚→お産→死というサイクルと重ねあわされ、死は再生のための一つのプロセスとして意識されることになり、死への恐怖がうすらいで、祖霊となって他界と現世とを往来するという観念を形成した。

対馬の赤米の神事　稲と祖神の信仰　萩原秀三郎『目で見る民俗神　山と森の神』東京美術、一九八八年

柳田が考えたような、死者が一定期間を経過すると子孫の守り神となるという祖霊信仰は、生活が比較的に安定した定着農耕の時代になって顕著になったとみてよいと思う。それ以前の日本人は、霊魂は一般の神になると信じていたのである。

親鸞が死者の往還を自信をもって説いたことには、日本人のこのような自由霊不滅・身体軽視、他界・現世往来の霊魂観念が根底で支えとなっていた。親鸞が二十八年に及ぶ越後・東国の生活のなかで、直感し、発見した日本であった。

親鸞のすごさである。

鳥辺野山
『近世祭礼・月次風俗絵巻』
東方出版、二〇〇五年

霊肉分離——親鸞の遺言——

わが死体は賀茂川に投げ入れ魚に与えよ。

これは親鸞が弟子たちへいいのこした遺言である。

親鸞の曾孫《ひまご》で、本願寺の創建者覚如《かくにょ》が書きのこした『改邪鈔《かいじゃしょう》』*1によると、親鸞は「私が眼を閉じたならば、賀茂川に投げいれて魚にあたえてよい」といいのこしたといわれている。弟子たちは、しかし、弘長二年（一二六二）、九十歳で親鸞が亡くなったとき、師の遺言に従わず、京都の鳥辺野《とりべの》*2の南で火葬に付し、遺骨は鳥辺野の北の大谷《おおたに》に葬られた。

弟子たちに守られることのなかった、親鸞の遺言の真意はどこにあったのであろうか。

すでにみたように、霊魂には、死後も身体にとどまる身体霊と生前でも簡単に身体から離れる自由霊の二種があるという霊魂観を日本人は持っていた。このなかで日本人が重視したのは自由霊であった。身体を離れた霊魂は他界へおもむき、もどってきて新しい生命として再生し、また、霊魂のままで子孫に恩恵をほどこす。肉体は亡んでも霊魂は永遠に生きつづけると観念されていたのである。

京都周辺で風葬の地として知られる場所は、蓮台野《れんだいの》・化野《あだしの》*3・鳥辺野《とりべの》な

1改邪鈔　参照「覚如・蓮如の苦心」（228ページ）。

2鳥辺野　京都市東山区南部、阿弥陀ヶ峰北麓の五条坂から南麓の今熊野にいたる丘陵地、鳥辺山のふもと一帯の総称。平安時代から墓地、葬送の地となっていた。

3蓮台野・化野　蓮台野は京都市北区船岡山の西麓の地、化野は右京区の嵯峨野の地。鳥辺野と並ぶ三大葬送地。

どであり、遺体は放置されていた。大化の改新の薄葬令《はくそうれい》*1、律令の喪葬令《そうそうれい》*2などでくり返し庶民の葬送に規制が行なわれ、支配者と庶民では差異が生じていた。いずれにしても、遺体や遺骨に対する関心は、霊魂に比較して低かったといえる。

日本の庶民社会に人骨に対する尊崇《そんすう》を復活・普及させたきっかけは、仏教がもたらした釈迦の舎利《しゃり》信仰*3であった。人骨に人格を認める動きが現われ、火葬も広まっていった。一〇世紀後半の浄土教僧の空也《くうや》*4は、鳥辺野に葬送された遺骸を集めて火葬して弔い、平安末期には、埋葬地に石製や木製の卒塔婆を立てることも始まった。

仏教の伝来によって日本人の死者観念は大きく変わったのである。

庶民のあいだにも供養碑を造ることが一般化し、極楽と地獄の観念が誕生した。死者はその生前の行為の善悪によって、死後におもむく他界も善悪に二分された。また火葬が普及し、霊肉は分離せずにあの世へ移動すると考えられるようになった。

このようにみてくると、親鸞が、自分の遺体を賀茂川に投げ入れて魚にあたえよ、といいのこした遺言の真意があきらかになってくる。僧侶でありな

1大化の改新の薄葬令　大化二年（六四六）に出された、身分に応じて墳墓の規模などを制限した勅令。

2律令の葬送令　大宝律令、養老律令などの葬式の規定。

3釈迦の舎利信仰　仏舎利信仰ともいう。釈迦の遺骨に対する信仰。

4空也　こうやともいう。平安時代中期の浄土教の僧。

がら、親鸞以外の仏教徒が日本人に教えた、遺骨の重視や火葬の習俗を否定し、伝統的な風葬、霊魂不滅の信仰にもどっていたのであった。その霊魂は、現世に近い他界から、事あるたびに子孫を助けるために帰ってくる祖霊であった。

この親鸞の、仏教徒としては異端ともいえる、しかし、日本人一般の伝統的死者観は、弟子たちには理解できなかった。いや、理解できても従うことはできなかった。

いったん鳥辺野北の大谷に納められた親鸞の遺骨は分骨され、墓は壮大な伽藍となって二箇所に設けられた。一箇所は、そののち数度の墓所の変遷を経て、現在は京都市東山区円山町に存在する大谷派（東本願寺）の大谷祖廟《そびょう》である。ほかの一箇所は、やはり変遷を経て東山区五条橋東の地に納まった本願寺派（西本願寺）の奉戴する大谷本廟《ほんびょう》である。

大谷祖廟（左）と大谷本廟（右）
西原祐治『浄土真宗の常識』朱鷺書房、二〇〇六年

日本の幽霊――死者の浄土往還――

この章は二つの図から話を始めよう。上は鎌倉時代成立の「阿弥陀二十五菩薩来迎図」である。下は江戸時代成立『歴代武将図鑑』掲載の源頼朝が怨霊《おんりょう》におそわれる図である。怨霊の中央は安徳天皇《あんとく》*1、右は源義経*2、左は頼朝・義経兄弟の叔父にあたる多田行家《ゆきいえ》*3である。上図は阿弥陀と菩薩、下図は幽霊であるが、雲に乗って現世に出現してくる様子は酷似している。

親鸞はこの二つの出現を共に否定したのであった。というよりは、幽霊出現の否定を通して、仏の来迎をも認めなかったといったほうがあるいは当たっているのかもしれない。

まえにくわしくのべたように、親鸞は、師の法然、さらに日本に浄土教の教えを定着させた源信が、力をこめて説いた阿弥陀聖衆来迎の信仰を完全に否定した。しかし、阿弥陀来迎の信仰は数多くの来迎図となり、各宗派の来迎会、迎講、練供養の行事として今日にまで伝えられている。

1安徳天皇　平家滅亡の壇ノ浦の合戦で入水して死んだ平家擁立の幼帝。
2源義経　平家討伐に功があったが、兄頼朝と不仲になり、奥州に逃れて敗死。
3多田行家　源行家ともいう。平家滅亡後、頼朝と不仲になり、四国に逃れようとして途中で殺された。

その根源は、浄土教信者の聖典「浄土三部教」の一つ『無量寿経』が伝える「阿弥陀四十八願」の第十九願にある。このこともすでにくわしくのべた（「阿弥陀聖衆の来迎」91ページ）。

この浄土教の最高の拠り所である阿弥陀の誓願をも親鸞は否定してしまったのである。

親鸞は、『末燈鈔《まっとうしょう》』の冒頭で、来迎は自力の修行といいきっている。親鸞にこのような断定をさせた依り所は、すでに詳述した日本民衆の霊魂信仰にあった。

日本人は霊魂不滅の信仰を持ち、肉体が無くなっても霊魂は現世にもどって新しい肉体に宿って再生すると信じていた。親鸞は、このような日本人の伝統的霊魂観・身体観を仏教の浄土や死者の教えに取り入れたが、親鸞はその教えを説くときに、日本人の伝統的信仰には触れず、阿弥陀の大慈悲にすべての理由を求めた。浄土教普及者としては当然である。

聖衆《しょうじゅ》の浄土からの迎えを否定する親鸞の教えには、もう一つ重大な意図が働いていた。親鸞は幽霊という存在を認めなかったのである。

日本に仏教が伝来した時期は、六世紀半ばとされている。百済《くだら》を経由して日本に仏教が伝えられたとき、『日本書紀』の記載によると、釈迦仏の金銅像一体、幡蓋《はたきぬがさ》若干、経論若干巻が伝来した。仏教では、ホトケは金色にかがやく仏像として、眼に見え、手にふれることのできる具体的な存在である。これまでの眼に見えない存在であった祖霊や自然神とは大きな違いであり、仏教の伝来をきっかけとして、神や霊魂もまた人間と同じ姿をした存在として想像され、信仰されるようになった。

その結果、再生のために、霊魂だけではなくふたたび身体が重視されるようになった。日本人のなかにわずかに生きのびていた身体重視の死者観に、仏教の教えが働きかけたのである。

その具体例として次の話を紹介する。

九世紀初め、奈良時代前期成立の仏教説話集『日本霊異記《にほんりょういき》』*1の中巻第二十五に「閻羅王《えんらおう》の使の鬼、召さるる人の饗《あえ》を受けて、恩を報ずる縁《えん》」という題でのっている話である。閻魔の使いの鬼が死者から賄賂をもらって別人をあの世へ連れていったという内容である。「縁」は、いわれ、事情などの意味である。


四国の讃岐《さぬき》の山田郡に、布敷臣衣女《ぬのしきのおみきぬめ》という女がいた。聖武《しょうむ》天皇の御代《みよ》のこと、この衣女はにわかの病気にかかった。そのとき、いろいろな山海の珍味を門の両側にととのえ、流行病の神への贈り物とした。

閻羅王《えんらおう》（閻魔王のこと）の使いの鬼が衣女を迎えにやってきた。その鬼は衣女をさがすのに走りつかれ、供《そな》えられている馳走《ちそう》を見て、ついひかれて

1日本霊異記　平安時代前期に成立した日本最古の仏教説話集。

五殿の閻羅王
『道教神仙画集』華夏出版社、一九九五年

たべてしまった。鬼は衣女《きぬめ》にむかい、

「お前の馳走をたべてしまったので、お前に恩返しをしよう。誰かお前と同姓同名の者はいないか」

とたずねた。衣女は
「同じ讃岐の鵜垂郡《うたりぐん》に同姓の衣女が住んでいます」

と答えた。鬼は衣女をつれて鵜垂郡の衣女の家にゆくと、真赤な袋から一尺ののみを出して、鵜垂郡の衣女の額に打ちこみ、そのまま連れさってしまった。山田郡の衣女はこっそりと家にかえった。

さて閻羅王は衣女の来るのを待ちうけ、とりしらべ、

「これはよびよせた衣女ではない。まちがってよばれた者だ。まあしばらくここにおれ。お前はすぐにいって山田郡の衣女を連れて参れ」

と鬼に命じた。鬼はかくしきれずにまた山田郡に行って衣女をつれてきた。鵜垂郡の衣女が家にかえると三日間がすぎていて、その体はすでに火葬になっていた。そこでふたたびもどって閻羅王にうったえ、

「体をうしないました。もうよりどころもありません」

といった。すると閻羅王は

餓鬼・地獄　19世紀　中国

「山田郡の衣女の体はあるか」

ときいた。

「あります」

「ではその体をとってお前の体とせよ」

と閻羅王はいった。鵜垂郡の衣女は山田郡の衣女の体のなかによみがえった。

しかし、生きかえった衣女は
「これは私の家ではありません。私の家は鵜垂郡にあります」

といいつづけ、山田郡の衣女の父母が止めるのをふりきって鵜垂郡に行き、

「これが私の家です」

といって、おどろく鵜垂郡の衣女の父母に、閻羅王のことばをくわしく説明して納得させた。

この話は佐々木喜善《きぜん》*1が編集した遠野《とおの》地方の昔話『聴耳草紙《ききみみ》』にも伝えられているが、出典は中国唐代の怪異小説『冥報記《めいほうき》』である。中国人の、そして中国から伝来した仏教の影響をうけた平安時代の日本人の、身体観や地

1佐々木喜善 岩手県出身。岩手の民話の収集家として知られる。

獄観がよく分かる話といえる。

誤まって地獄につれていかれた女が、閻魔《えんま》の裁《さば》きで現世にもどることになったが、すでに自分の身体が火葬で無くなっていたので、同じ名のほかの女の身体を借りて再生したという話である。たとえ霊魂が存在しても、その霊魂がもどることのできる身体が無くなると、現世に帰ることは不可能であった。先にくわしくのべた大陸の死者観と対応している（「身体重視―中国・朝鮮―」158ページ）。仏教の伝来が日本人の霊魂観に変化をもたらしていたのである。

さらに、この話で注目されることが火葬と再生との関わりである。

人間が死ぬと身体から霊魂がぬけだす。身体がそのままの形でのこっている場合にはよみがえりが可能であるが、火葬によって身体がうしなわれると、再生は不可能になると考えられるようになっていた。

なんらかの事情で火葬を延期したためによみがえることができたという話は、さきに紹介した話のほかにも『日本霊異記《にほんりょういき》』にいくつかみられる。

中巻の第二十二には、他田舎人蝦夷《おさだのとねりえびす》が丙《ひのえ》の年の人であったので、家人が相談して火葬にしないでおいたところ、七日めに生きかえった話が収められている。つづく第二十三には、傷害をうけて死んだ信濃国の人を、身内が、殺し手をさばいてもらうための証拠に、火葬にせずに埋葬したところ、五日たってよみがえった話がある。

日本の火葬は、『続日本紀《しょくにほんぎ》』によると、文武《もんむ》天皇四年（七〇〇）三月、僧道昭の遺体を弟子たちが火葬にしたことにはじまるとされている。事実は、考古遺跡によると、それよりはやく火葬は行なわれていたが、その普及率はかならずしも高くなく、また、一般庶民にはのちのちまで広まらなかった。皇室の例はよく知られているが、民間でも、奈良県の一部などではいまだに土葬が維持されている。

火葬は人間の死体を短時間に消滅させ、蘇生説話を生む余地をせばめる。そのころ、日本人社会に生まれたのが幽霊であった。

縄文、弥生、古墳と各時代をとおして、すでに指摘したように、日本人の葬法の中心は土葬または風葬であった。土葬や風葬では、死者の肉体や骨格がそのままの形でしばらくはこの世にとどまっている。したがって、霊魂と肉体が分離して、霊魂だけは他界へ去ったという想念を生むが、身体と霊魂とがともに他界へいったという想念は生まれにくい。それに対し、火葬は、霊魂だけではなく、身体もあの世へいったという観念とむすびつき、その身体が霊魂ともども現世へもどってきたものが幽霊ということになった。

日本で幽霊ということばのもっとも早い用例は、平安時代末の、藤原宗忠《ふじわらむねただ》の日記『中右記《ちゅうゆうき》』*1寛治三年（一〇八九）十二月四日の記事である。このころ、『日本霊異記』『今昔物語』などの説話集に幽霊の話が数多く登場してきた。幽霊がどのような経過をたどって日本人社会に出現するようになったか、という問題については、私の前著『日本の幽霊』や『霊魂の文化誌』にくわしくのべた。

霊魂だけで死者は再生するという観念がつよかった時代に、仏教が普及し、火葬も行なわれるようになり、蘇生には身体が必要という観念が他方でつよまってきた。しかも、他界には善悪の区別があり、悪人は地獄にゆき、現世に執心をのこした死者は、地獄から身体を伴って現世にもどると観念された。それが幽霊だったのである。

幽霊の出現は、日本人の伝統的死者観の大きな転換であった。

親鸞が生きた中世は、日本人が幽霊の存在を認識し、各種の説話や絵巻、

1中右記　中御門右大臣藤原宗忠の日記。宗忠は有職故実の知識に通じていて、日記に反映している。

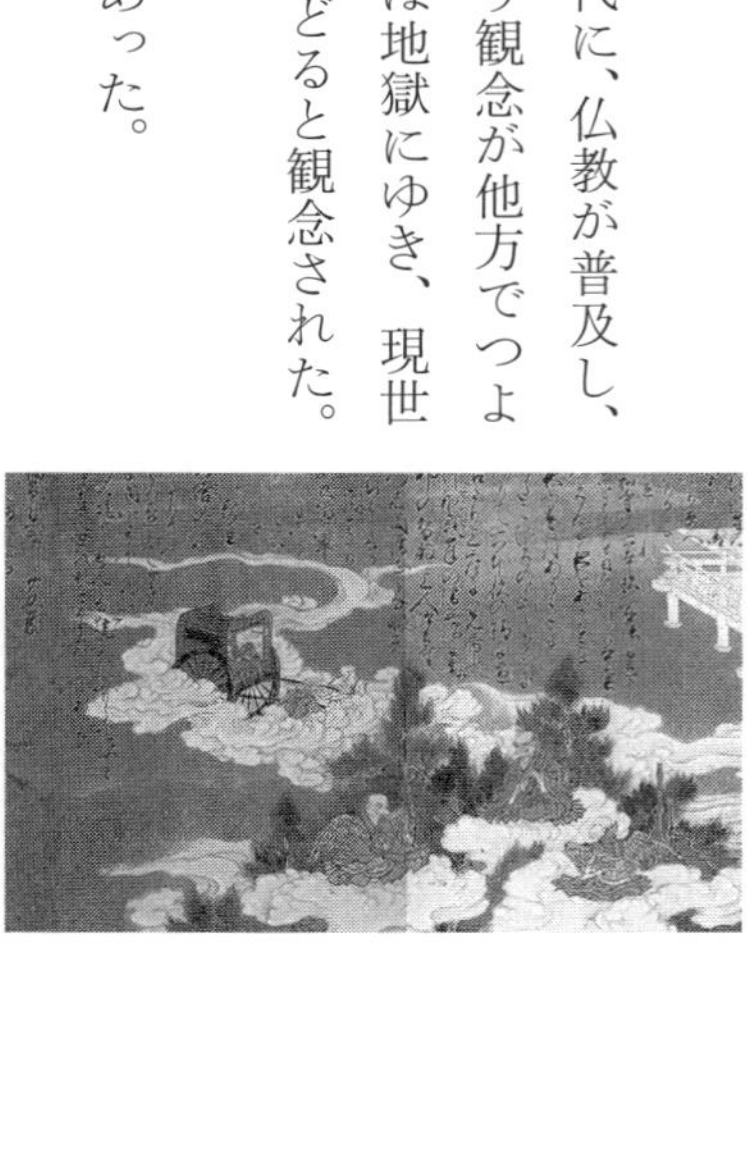

『太平記絵巻』の大塔宮ら南朝方怨霊

芸能に多種多様な幽霊が出現していた。中世に成立した能は、幽霊を主人公とした演劇であった。当時の一般日本人の心情では、あの世から人間の形態でこの世に出現してくるものは幽霊であり、ふつうの人は霊魂だけで自由に再生が可能だったのである。ことに臨終に際して迎えに出現する人間は、その人間に恨みを持つ幽霊であった。

ここであきらかにしておかなければならない重要な問題がある。幽霊出現と親鸞の説く死者の浄土現世往還はどこが違うのか。

幽霊は、極楽に対する地獄の存在、怨念・執心による他界と現世の往来、身体の重視などの観念に由来し、当時の日本人の死者観の一般大勢にことごとく離反する怪異現象であった。

他方、親鸞の説く死者の浄土現世往還は、当時の日本人一般の、子孫に恵みをもたらすために訪れる死者観と、仏菩薩の大衆救済の思想との融合であった。親鸞が始めに説いた往還する死者は、慈悲と身体をそなえた人間存在であった。身体を持つ人間という点では幽霊と類似するが、悪意を抱いて地獄から出現する点では、幽霊と親鸞の説く浄土現世往還は根本的に違っていた。

しかも、親鸞はさらに最後に到達した《自然法爾《じねんほうに》》の教えでは「人は形のない無上仏になる」と説いて身体さえ否定した。幽霊との類似点は絶無の思想である。次の「Ⅵ　日本仏教の究極」（197ページ）で詳しく説明しよう。

源信・法然・親鸞・一遍——浄土四聖人——

親鸞最後の到達点を説明するために、多岐にわたったこれまでの私の記述をここで一旦整理しておく。

日本の浄土信仰で親鸞のさきを歩んだ天台宗の源信《げんしん》、浄土宗の法然《ほうねん》については、親鸞と比較しながら随所にふれてきた。日本の浄土信仰の歴史で、もう一人忘れることのできない僧が一遍《いっぺん》である。親鸞の特殊性と革命性を確認するために、ここで、一遍を加えた三人の浄土僧と、親鸞の思想の異同を整理しておく。この検討を通して、改めて、親鸞の思想の特殊性が確認されることになる。

1時宗　鎌倉時代中期に一遍の開いた浄土教の一派。一日を六時に分け不断念仏するところから、始めは時衆と称し、江戸時代になって時宗と記した。

2浄土宗西山派　浄土宗は大きく鎮西派と西山派に分かれ、西山派はさらに、西山浄土宗、浄土宗西山禅林寺派、浄土宗西山深草派に分かれる。

3聖達　浄土宗西山派の開祖証空に学び筑前で布教につとめた。

4華台　聖達と同時期に筑前で布教に努めた西山派の僧。

時宗《じしゅう》*1の開祖一遍は、浄土宗西山派*2聖達《しょうたつ》*3や華台《けだい》*4に学んでいた。宗派としては、法然の系統に属し、親鸞とは、いわば同門の関係にあった。同門ではあったが、一遍の思想には親鸞との違いが目立つ。

悪人

親鸞の悪人観は『歎異抄』の「善人でさえ往生をとげる、いわんや悪人をや」ということばに端的に示されている。この親鸞の悪人観は阿弥陀の第十八願の五逆と仏法誹謗の二つの除外例に対する親鸞の態度にもみられる。親鸞に先行するほかのほとんどの浄土教僧侶が、この除外例、ことに仏法誹謗を除外する規定に従ったのに対し、親鸞は、この除外例の悪人も、いやこの悪人こそ、最初に救済されるとしている。あらゆる悪を犯すことが、人間が過酷な現世を生きる自然であり、そのような悪人である人間はそのままで救済される、そのことを阿弥陀が約束してくださっている、と親鸞はいう。

一遍の悪人観は、阿弥陀第十八願*5によって、すべての罪悪を犯したとしても、阿弥陀によって救済されるとしている。法然や親鸞がことさらに問題とした五逆と仏法誹謗の罪も、ほかの罪悪と同列にあつかって区別はしていない。しかし、善人よりも悪人こそが救済の主要対象であるという親鸞の

時宗 一遍
一遍研究会
『一遍聖絵と中世の光景』
ありな書房、一九九三年

5阿弥陀十八願 参照「十八願を信じて十八願を超える」（105ページ）。

思想の激しさは認められない。

一遍の悪人観は『一遍上人語録』に次のようにのべられている。

われら衆生は、はるかなむかしから、十悪《じゅうあく》・五逆《ごぎゃく》・四重《しじゅう》（殺盗婬妄《さっとういんもう》の四罪）・謗法など、ありとあらゆる無量無数の大罪を犯してきた。これによって、未来永劫に生死の境を輪廻して、六道《ろくどう》・四生《ししょう》*1・二十五種の世界*2で、あらゆる苦悩を受けるはずである。しかし、阿弥陀の前身の法蔵比丘《びく》が無限の時間の思惟をかさね、名号不思議の悟りを得て、凡夫《ぼんぷ》往生*3の本願を立てられた。この願はすでにはるかなむかしに成就されており、十方衆生の浄土への往生は南無阿弥陀仏の名号を唱えれば決定する。

念仏

阿弥陀の名号を唱えること、すなわち称名《しょうみょう》で救済されると源信や法然はいう。しかし、源信は合わせて自力の行をも推奨していた。このような先人の教えから一歩踏み込んだ親鸞は称名でさえ自力であり、阿弥陀を信じるだけ、信心だけで救われるといいきっている。

一遍は、前期と後期で変化していた。始めは、法然と同様に口に出してと

1四生　この世における四種の生類。卵生・胎生・湿生・化生の四つの生まれ方による語。

2二十五種の世界　衆生が輪廻する生死の世界を二十五種に分けた表現。二十五有（にじゅうごう）ともいう。

3凡夫往生　一般の平凡な人間でも往生できるという考え。

なえる称名を重視した。彼は『播州法語集』*4で、「念声是一《ねんしょうぜいつ》」といっている。是一とは同一ということ。念仏とは声に出して唱える称名のことであると主張し、心で念じるだけの意念《いねん》、親鸞のいう信心を否定していた。しかし、のちに、「三業即念仏《さんごうそくねんぶつ》」*5、「五種の正行」などの教えをいいだすようになり、礼拝、意念（信心）、読誦《どくじゅ》、観察、称名、賛嘆供養など、あらゆる行がすべて浄土に往生する道に通じるという、ゆとりのある教えを説くようになった。専修念仏を離れて源信の自力にまでもどったとみるよりは、先行する源信、法然、親鸞を総合したといえる。

来迎　臨終に際して阿弥陀三尊をはじめとする聖衆が雲に乗って来迎し、死者を浄土に伴うという来迎思想は、源信が日本に普及させ、法然もつよくおしすすめた。しかし、親鸞はこれを否定し、阿弥陀を信仰する死者は一瞬で浄土に往生すると教えた。

来迎は、親鸞以外の浄土教宗祖がこぞって教義の中心にすえていた。一遍も、来迎を彼の教えの最重要項目として、随所にふれている。『一遍上人語録』*6から、一遍の説く来迎観をうかがってみよう。精細なイメージがそこに展開されている。

4播州法語集　一遍の法語集。弟子持阿が播磨国弘嶺八幡宮で一遍から聞いた法語を書き残したもの。

5三業即念仏　身・意・口の三者による善悪さまざまな行為がそのまま念仏になるという考え。

6一遍上人語録　江戸時代）に刊行された一遍上人の法語集。『一遍上人絵伝（一遍聖絵）』や残された手紙などを基に編集されている。

一心に南無阿弥陀仏をとなえて息が絶えたとき、極楽世界から、弥陀、観音、勢至、無数の聖衆《しょうじゅ》が、念仏行者《ぎょうじゃ》のまえに出現され、御手をのべて行者を浄土に迎えてくださる。行者は金の蓮台に乗り、仏の後に従って一瞬のうちに浄土に往生《おうじょう》する。

浄土では、行者は五体を地に投げて礼拝し、菩薩の後について仏の宮殿におもむき仏の説法を聴聞する。

浄土　源信も法然も絢爛豪華な極楽として浄土を説明していた。一遍もこの極楽浄土の思想をうけつぎ、念仏往生者《おうじょうしゃ》は瞬時に来迎を受けて、西方の極楽浄土に生まれるとしている。

極楽の名を捨て、浄土に真《しん》とかりの二種があると説いた人は親鸞である。西方にあって豪華絢爛の風景を展開する極楽を、親鸞は方便のためのかりの浄土としている。親鸞の説く真の浄土は無間に広がる空無《くうむ》である。他方で親鸞は阿弥陀の誓願を海にたとえる先人の教えと日本人の伝統的他界観を融合させて、一切の罪悪は川の水となって阿弥陀の誓願の大海に注ぎ込み、潮流と一つに解け合って消滅するという教えをも説いていた。

浄土現世往還

浄土に往生した死者はそこで次生の仏の位を得るために永住する。これが阿弥陀第二十二願*1を信じた浄土教先人の思想であった。現世に苦しむ衆生を救済するために、この世にもどってくるのは特殊な願をおこした仏や菩薩だけであった。これに対して、親鸞は浄土に往生したすべての人たちが浄土と現世を往還して衆生の救済につとめると説いた。

一遍の思想は親鸞に近いところがある。浄土から衆生済度のために現世にもどることに、特別の条件は設けていない。むしろ穢土の衆生済度を往生者の当然の責務としている。

地獄

親鸞は地獄の恐ろしさを強調することもしていない。先人が地獄の恐怖を説くことによって浄土への信仰に誘いこむ手段に使ったふしがあったのに対し、親鸞は、地獄に堕ちるような悪事を犯しても阿弥陀を信じた瞬間に浄土へ往生できる、と教えて地獄の恐怖を和らげていた。

一遍も地獄の恐怖を説いている。六道《ろくどう》、三途《さんず》を輪廻する孤独を訴え、黒縄《こくじょう》*2、衆合《しゅうごう》*3の地獄に骨を焼き、刀山《とうざん》、剣樹《けんじゅ》の地獄に肝を裂く苦しみを強調していた（「別離和讃」）。

1 阿弥陀第二十二願　参照「死者の浄土現世往還」（98ページ）。

2 黒縄　八大地獄の一つ。亡者を焼けた鉄の地面に寝かせ、焼けた鉄の鞭で打つ。

3 衆合　八大地獄の一つ。山に追われた罪人が、山や大石に押しつぶされるなどの苦を受ける。

女人

仏教の仏菩薩は本来男女の区別のない中性のはずである。しかし、親鸞は日本人の伝統的な女神《じょしん》への信仰を否定してはいなかった。親鸞が京都の六角堂《ろっかくどう》で体験した第四の夢告では、救世《くぜ》観音から、美しい女性となって生涯連れ添い、臨終には浄土に往生させようというお告げを受けた。親鸞はこの夢告をそのままに信じて妻帯に踏みきっている。せまい洞窟のなかで女神と出遭って再生するというこの体験は、日本人の大地母神信仰そのものである。伝説の分野に踏み込めば、関東の筑波山男体山頂上近くにのこる「餓鬼済度の旧跡」は、親鸞その人が大地の女神になっている。生前の罪で餓鬼道に堕ちた人々を親鸞が救済していた。

仏教教義に彩られているが、日本人の大地母神信仰に結びつけられる特質を、親鸞の生き方がそなえていたことになる。浄土真宗はのちに覚如《かくにょ》の長男存覚《ぞんかく》の時代になって、明確に女人往生論を唱えるが、その契機はすでに親鸞にあったのである。

源信、法然、親鸞の三人の基本的女人観は、そのままでは救済されず、男性に変わる必要があるという「変成男子《へんじょうなんし》」論であった。しかし、妻帯した親鸞は、事実上、女性往生を認めていた。

この親鸞の考えをさらに推し進めて、一遍は積極的に僧侶の妻帯を承認し、女性の弟子、尼法師も受け入れていた。一遍は、念仏往生者を三種に分けて、次のように説明していた。

上の種類の上根《じょうこん》は、妻子を持ち、家にありながら、執着せずに往生する。中根《ちゅうこん》は、妻子は捨てても、住居と衣食は持ちながら、執着せずに往生する。下根《げこん》は、万事を捨てて往生する（「一遍上人語録」）。

妻帯者こそが最良の念仏往生者であったのだ。

太陽と大地

京都を追われて越後に流された親鸞は最初に上越市の一の宮居多《こた》神社に参拝し、海に沈む夕陽を見て、「末遠く法《のり》を守らせ許多の神　弥陀と衆生のあらん限りは」という一首を詠み、夕陽のうえに南無阿弥陀の名号を書いた。親鸞は阿弥陀と太陽を同一視した法語ものこしている。また、東国在住時代の親鸞は、各地に手植えの木を始めとする多くの草木伝説を誕生させた。親鸞一家が農業で生計をたてていたという確かな事実も含めて、大地との深い関わりが示されている。

親鸞以外の三師に、大地や太陽との関わりをことさらに示す話や教えは伝えられていない。

神仏一如

親鸞が儒教や道教と合わせて呪術や加持祈祷を否定していたことは著書の各所から判断できる。しかし、そこからただちに親鸞が日本の神信仰そのものを否定していたという結論は出てこない。

親鸞は移り住んだ関東の各地の神社に参詣し仏法の守護を祈願していた。前掲の許多《こた》神社に奉納した和歌は伝説とみなす余地がないわけではないが、親鸞が筑波山の神社や稲田《いなだ》神社、鹿島《かしま》神宮に参詣したという数々の事跡をすべて虚構として消し去ることはできない。ことに主要著述『教行信証』の執筆に際して、稲田神社や鹿島神宮所蔵の膨大な書籍を利用したということは動かせない事実である。

一遍も日本の神々に対してふかい信仰の念を持っていた。一遍が時宗《じしゅう》を立宗する重要な契機となった体験が熊野参宮と熊野権現《くまのごんげん》の夢告であった。

一遍は次のようにのべている。

ある年、熊野の証誠殿《しょうせいでん》（下図参照）に参詣した折、あらたかな熊野権現の夢告をうけた。「信不信をいわず、有罪無罪を論ぜず、ただ南無阿弥陀仏と唱えることで往生するのだ」と示現《じげん》され、自分はそれを信じて自力の我執を捨てたのである、と。

熊野本宮第三殿証誠殿

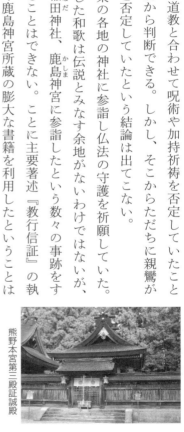

熊野証誠殿の祭神熊野権現の本地《ほんじ》は阿弥陀だとされている。一遍の熊野参詣は神仏習合の阿弥陀信仰が支えであったが、一遍は、ほかにも各地の神社に参詣し、その記録をのこしている。

白河の関の明神
大隈正八幡
淡路国天満宮
播磨国弘嶺《ひろみね》八幡宮

などが、一遍が詣で、しかもご神詠まで受けた神社であった。一遍は、親鸞と同様に、神仏一如を信じた人であったとみることができる。

このようにみてくると、源信は浄土信仰の普及者、法然は専修念仏の確立者、親鸞は、浄土信仰と日本の民衆信仰の統合者という評価はうごかない。一遍は、基本的には法然の教えに従っていたが、親鸞の教えをとりこみ、さらに、平安中期の遊行空也《ゆぎょうくうや》[*1]に親しんで、「執着しない」ことの大切さを説き、踊り念仏を始めるなどの独自性を出していた。浄土信仰の総合者とよべるであろう。

1 遊行空也 諸国を旅して布教をしたことから遊行上人とも呼ばれた。参照174ページ注。

この比較からもはっきりみえてくることは、親鸞の阿弥陀信仰の到達点は、当時の浄土教信仰の限界を超えた、日本人の古代からの民衆の信仰そのものであったというまぎれもない事実である。

Ⅵ

日本仏教の究極

親鸞最後の阿弥陀観――自然法爾――

親鸞の信仰体系は、日本人の民衆信仰の組織化、仏教教理化にほかならない。私たちは親鸞の思索の跡をたどることによって、いまからでは見えなくなっている古代の日本人の姿を知ることができるのである。

親鸞のいう阿弥陀とはこの日本人の古代の信仰の別称であった。親鸞の教えの最後の到達点《自然法爾《じねんほうに》》(下図参照)こそが、日本人の信仰の根本の観念は、阿弥陀そのもの、さらに阿弥陀をさえ超えるものであったことのまぎれもない証明なのである。

正嘉《しょうか》二年(一二五八)十二月、八十六歳の親鸞は、京都三条富小路《とみのこうじ》の実弟尋有《じんう》の草庵善法坊で、弟子たちに法話を行なった。親鸞の死の四年前のことである。この法話が有名な《自然法爾》である。同席していた弟子の顕智がこれを書きとめ、のちに伝えた。顕智の原文は、三重県の高田専修寺《せんじゅじ》に伝えられている。ここでは親鸞の手紙や文を集めた『末燈鈔《まっとうしょう》』収録の文で検討す

親鸞86歳の最後の教え「自然法爾」
三重県津市専修寺蔵

るが、文章に違いはない。

くりかえしの多い、むずかしい法話である。《自然法爾》という法語の〈自然〉は《そのものとして自ずからそうなっていること》、〈法爾〉は《真理そのものにのっとってそのごとくあること》の意味である。全体としては、阿弥陀のお誓いによって、《他からなんらかの人為的な力を加えることなく、おのずからの姿のままであること》をいう（中村元《はじめ》『仏教語大辞典』）。つまり《そうあることが弥陀のお誓いによる自然の真理》なのだとのべているのである。

その《自然の真理》とは何か。

親鸞はここでじつに重大な二つの指摘をしていた。

（1）「阿弥陀は方便《ほうべん》である」ということ。

（2）「阿弥陀のお誓いとは念仏の人が形のない無上仏である真理を悟らせることである」ということ。

（1）からみていこう。

この教えで親鸞は驚嘆すべき考えをのべていた。この部分は原文では次のようになっている。

弥陀仏は自然のやうを知らせんれうなり。

この文について伊藤博之《ひろゆき》氏は、

弥陀は、世界をこのように成り立たせている働きを人に教え、知らせる方便として現じたもので、すべての存在を関わりにおいて一つの世界におさめまとめる働きに阿弥陀と名づけた。

と説明している。「世界をこのように成り立たせる働き」とは《自然法爾》のいいかえである。阿弥陀はその自然法爾を人に知らせる方便として出現した「働き＝自然の真理」だと解説しているのである。

同じ箇所を多屋頼俊《たやらいしゅん》氏*1は次のようにいっている。

弥陀仏は自然法爾の心を知らせるためである。「れう」はため。

*1 **多屋頼俊** （一九〇二—一九九〇）。国文学者。仏教的な見地から「源氏物語」を研究。和讃の定義を初めてした学者で、真宗の僧として最高の学階講師に任じられた。

伊藤氏ほど踏みこんではいないが、趣旨は同一である。「れう」つまり「料」は〈ため〉という意味であり、阿弥陀は、自然法爾の本質を人に知らせる目的で出現したというのである。阿弥陀の出現は自然法爾を知らせる方便、という伊藤氏とまったく同じ説明になる。

阿弥陀の出現は衆生に真理を知らせる方便であるという教えを、親鸞はべつの機会でもくり返していた。たとえば、『一念多念文意《いちねんたねんもんい》』*2では、

方便と申すは、形をあらわし、御名を示して、衆生にお知らせになることを申すのである。それがつまり阿弥陀仏である。

とのべ、『唯信鈔文意《ゆいしんしょうもんい》』*3ではおおよそ次のように説明している。

仏には二種の法身がいらっしゃる。一種は法性法身《ほっしょうほっしん》と申す。法性法身と申すは、色もなく形もおありではない。だから心で思うこともできず、言葉でいいあらわすこともできない。この真如のお姿（原文は一如《いちにょ》）から形を

2 一念多念文意　親鸞著作。一度だけ念仏することと生涯に渡って念仏しつづけることの優劣について浄土宗門下で論議があった。親鸞はこの書で両者の争論を無意味と批判した。

3 唯信鈔文意　法然門下の聖覚法印の『唯信鈔』について親鸞が施した注釈文。

現わして方便法身と申す。その御姿は、法蔵比丘、尽十方無碍光如来《じんじっぽうむげこうにょらい》*1、報身如来《ほうじんにょらい》*2などとよばれる。誓願の業因《ごういん》*3に報いてくださる報身如来を阿弥陀如来と申すのである。

これらの説明によって、親鸞が最後に到達した阿弥陀観があきらかになる。仏には、人間の感覚ではとらえられない法性法身《ほっしょうほうしん》と、感覚に認識可能な形を現わす方便《ほうべん》法身の二種が存在する。方便法身は、法蔵比丘《ほうぞうびく》、尽十方無碍光如来、報身如来などともいう。阿弥陀はそのなかの報身如来である。

この段階で、親鸞は、阿弥陀が衆生をみずから救済するのではなく、衆生は自然に救済されるという、感覚では知覚することのできない真理を覚らせるための、方便の仏だといっているのである。

阿弥陀は衆生救済の仏から、自然に救済される真理つまり「自然法爾《じねんほうに》」を衆生に理解させる方便の仏に、変化したのであった。

そして、衆生こそが、もう一種の、感覚ではとらえられない法性法身なのである。

親鸞が最後に到達した阿弥陀観である。

1尽十方無碍光如来　どこまでも遮るものなく届く光のような仏の意味で、阿弥陀如来のこと。

2法身如来　永遠に教えを説く仏。

3業因　苦楽の果報を生む原因となる善悪の行為。

死生・神人循環の人間観

親鸞の《自然法爾》の思想と、日本人の人間観、霊魂観とのあいだには、さらに重大な一致を指摘できる。後者の（2）である。《自然法爾》の法話で、

阿弥陀が念仏の人を無上仏にしようとされたのである。無上仏とは、形もなくていらっしゃる。

と親鸞はいう。阿弥陀の誓願によって、人は形のない無上仏になるのだというのである。この教えもまた日本人の人間観・霊魂観そのものである。親鸞のいう形のない無上仏、法性法身とは、神となって崇《あが》められる日本人の伝統的な死者の霊魂である。

日本人の観念する他界は、すでにのべたように（「日本人の他界観」114ページ）、

六種が存在した。このうち、地下他界は主として農耕民、海上（中）他界は漁業民、山上（中）他界は採集狩猟民、天上他界は主として中国大陸伝来の観念、西方他界は仏教、東方他界は太陽信仰による汎日本の他界と考えられる。この他界を、日本人の食料を生産する生業と結びつけて整理すると、

農耕民　地下他界　山上（中）他界
採集狩猟民　山上（中）他界
漁業民　海上（中）他界

となる。つまり、日本人の原型となる信仰で、生者が死んでおもむく他界は、大地、山、海であり、そこで新しくよみがえる循環をくり返す人間観が日本人の民衆信仰なのである。

人と神とのあいだに区別はない、人も神である、という観念は、霊魂の観念が日本人に生まれると、先にのべたように（「日本人の霊魂観」150ページ）、死者の霊魂が神になるという信仰に変化した。そして、日本人の現在の民俗のなかにもふかく浸透していった。

人が神であって、生きたままで現世と他界を往来するという第一段階の神人観《しんじんかん》から、人は死んで霊魂となって二つの世界を往来するという、現在に続く第二段階に変化したのであった。これが日本人の基本的人間観である。

神と人のあいだに根本的な区別がないという人間観は古代中国にも存在したが、中国では、仏教、道教などの体系宗教が浸透し、人間は神や仏と厳重に区別され、死者も玉皇や釈迦の支配下に入った。神仏と人、死と生をきびしく分ける断絶の死生観である。

西欧キリスト教社会やイスラム社会でも、『旧約聖書』[*1]、『コーラン』などに人を神の創造物とするように、神と人とのあいだには絶対的なへだてがある。やはり、断絶の死生観である。

1 旧約聖書　キリストによってもたらされた新しい契約についてのべた新約聖書に対して、それ以前の旧い契約についてのべた書。

日本人は、《生きながら》から《死んで霊魂となって》へと変化しつつも、死生循環の人間観をそのままに保存した。親鸞が最後に到達した「人は形のない無上仏となって現世と浄土を往還して衆生を救済し、阿弥陀はその真理を知らせる方便の仏である」という《自然法爾》の教えは、この日本人が保存しつづけた人間観、霊魂観の、溜息が出るほどにみごとで美しい仏教思想化だったのである。

日本仏教の究極

本書では、これまで親鸞の思想の、当時の仏教界における特殊性、革命性を強調してきた。その事実は、強調しても強調しすぎることはない。

しかし、この親鸞の革命性は、彼の思索の過程が、当時の宗教界全体における孤立・断絶した営みであったことを意味するわけではけっしてない。親鸞が、日本の伝統的神信仰・人間観と仏教の浄土信仰との統合をはかったことは、中世の日本の宗教界の大きな動向の先頭を切った行動でもあったのである。

その時代の宗教界の大勢であった神信仰と仏信仰を融合させようとする神仏習合《しんぶつしゅうごう》、本地垂迹論《ほんじすいじゃく》の究極をつきつめた思想が親鸞の教えであった。

のちに禅宗の道元の思想との比較をとおして具体的にその事実をあきらかにしよう。

日本でも、仏教伝来の当初、崇仏《すうぶつ》派と排仏《はいぶつ》派とのあいだにはげしい対立があったが、しだいに神仏同体論から、神は仏の護法神・眷属神とする論へと推移していった。

聖武天皇は東大寺大仏（大日如来）建立にあたって、使いを派遣して伊勢神宮に祈願させ、大日如来と天照大神《あまてらすおおみかみ》は同体との夢告を得た。延暦二（七八三）年には、八幡神に大菩薩の号を贈り仏教の守護神とした。一方、密教行者の山岳修行にともなって、山の神祇が仏教にとりこまれ、吉野の蔵王権現《ざおうごんげん》*1のように仏教の護法神とされ、中世になると、多くの神社で祭神の本地仏が定められた。

この大勢のなかで、しだいに強まっていった傾向が本地垂迹思想の日本化であった。あらゆる渡来の文化を日本化して列島に受容する日本の巨大な文化溶鉱炉がここでもフル回転した。平安時代中期には神と仏を対等とする観念が生まれ、仏菩薩がこの世にかりの姿の神となって出現するという、仏神同一観念が成立していた。

中世は日本の宗教革新の時代であった。本書で中心主題として論じてきた浄土宗（法然）、浄土真宗（親鸞）はもとより、時宗（一遍）、臨済宗（栄西）、

1 **蔵王権現**　修験道の祖といわれる役（えん）の行者が感得したという、日本独自の悪魔調伏の菩薩。

蔵王権現像
『役行者と修験道の世界』東武美術館、一九九九年

鎌倉新仏教一覧

系統	宗派	開祖	主要著書	区分	教義とその特色など
浄土真宗	**浄土宗**《じょうどしゅう》	**法然**《ほうねん》（源空《げんくう》） 一一三三〜一二一二	選択本願念仏集《せんちゃくほんがんねんぶつしゅう》 一枚起請文《いちまいきしょうもん》	他力本願（阿弥陀仏による救済）	阿弥陀仏《あみだぶつ》を信じ、ひたすら念仏《ねんぶつ》（南無阿弥陀仏《なむあみだぶつ》）を唱《とな》えれば（**専修念仏**《せんじゅねんぶつ》）、死後、極楽浄土に往生《おうじょう》できると説いた。旧仏教側から迫害され、七五歳のとき、法然は讃岐《さぬき》（香川県）へ流された。
	浄《じょう》**土**《ど》**真宗**《しんしゅう》（一向宗）	**親鸞**《しんらん》 一一七三〜一二六二	教行信証《きょうぎょうしんしょう》 歎異抄《たんにしょう》 （弟子唯円《ゆいえん》）		信心をおこし念仏を唱えれば、浄土にすぐ往生できると説く。また師法然の教えをさらに深めた親鸞は、悪人即ち、煩悩《ぼんのう》の深い人間を救うことこそ阿弥陀の本願であるとした。→**悪人正機**《しょうき》
	時《じ》**宗**《しゅう》（遊行宗《ゆぎょうしゅう》）	**一遍**《いっぺん》（智真《ちしん》） 遊行上人《ゆぎょうしょうにん》 一二三九〜八九	死の直前に著書を焼却 一遍上人語録 （弟子智応《ちおう》）		信心の有無、善人・悪人に関係なく、すべての人が救われると説いた。当時信仰を集めていた熊野信仰をとりいれ、**踊念仏**《おどりねんぶつ》によって各地を遊行《ゆぎょう》し、教えを広めた。
禅宗系（宋より伝来）	**臨済宗**《りんざいしゅう》	**栄西**《えいさい》 一一四一〜一二一五	興禅護国論《こうぜんごこくろん》 喫茶養生記《きっさようじょうき》	自力本願（自力で悟りをひらく）	坐禅により精神統一をはかり、師から与えられた**公案**《こうあん》を解いて悟りに達することを説いた。幕府の帰依《きえ》をうけ、蘭渓道隆《らんけいどうりゅう》・無《む》学祖元《がくそげん》が来日し、建長寺《けんちょうじ》や円覚寺《えんかくじ》を建立《こんりゅう》。
	曹洞宗《そうとうしゅう》	**道元**《どうげん》 一二〇〇〜五三	正法眼蔵《しょうぼうげんぞう》 正法眼蔵随聞記《ずいもんき》 （弟子懐奘《えじょう》）		坐禅に徹することを説き、坐禅そのものを重視した→**只管打坐**《しかんたざ》。道元は世俗的権力との結びつきを避け、越前の永平寺《えいへいじ》を本拠として、きびしい修行を行った。
	日蓮宗《にちれんしゅう》（法華宗《ほっけしゅう》）	**日蓮** 一二二二〜八二	立正安国論《りっしょうあんこくろん》 開目抄《かいもくしょう》		法華経には釈迦《しゃか》の正しい教えが説かれているとして、**題目**《だいもく》（南無《なむ》妙《みょう》法蓮華経《ほうれんげきょう》）を唱えれば成仏《じょうぶつ》できると説いた。「念仏無間《むげん》・禅天魔《ぜんてんま》・真《しん》言亡国《ごんぼうこく》・律《りつ》国賊」と他宗を非難、幕府からしばしば迫害された。

曹洞宗（道元）、日蓮宗（日蓮）など、今日まで、日本人の精神生活に大きな影響を及ぼしている鎌倉新仏教が、いっせいに活動を開始したのである。共通して、奈良、平安の旧仏教への不満と批判が、その立宗の動機にあった。

神仏習合の論は、当然、これらの仏教各派のなかで理論の習熟がはかられていったが、より以上に深刻に、神と仏の関係を考えた人たちが、神道の諸派であった。

中世には神道各派がいっせいに立ち上がった。

山王《さんのう》神道	鎌倉時代中期
両部《りょうぶ》神道	鎌倉時代中期
三輪《みわ》流神道	鎌倉時代末期
伊勢《いせ》神道	南北朝期
吉田《よしだ》（唯一）神道	室町時代後期

吉田神道をのぞけば、いずれも鎌倉時代にその形成期を持っている。

神道関係者が、伝統に安住して、革新の機運や理論武装を怠っていたとき、

京都本能寺の日蓮銅像

まず仏教界に鎌倉新仏教の誕生という衝撃波が走った。にもかかわらず、まだ安逸の夢のなかにひたっていた神道諸派に、旧仏教の側からの働きかけがあって、いやおうなく神道も革新のうずに巻きこまれていったのである。

中世神道の革新の始まりは、当初、新仏教の活動に刺激された旧仏教側の対抗運動という性格をつよく持っていた。仏教側から手をさしのべ、神仏習合理論によって、神々、ことに民衆に広まっていた伊勢信仰、日吉《ひよし》信仰などを取りこもうとしたのであった。天台系の山王神道（下図参照）、真言系の両部神道がそれであり、奈良仏教律宗の理論武装を受けた三輪流神道にもその傾向が認められる。

この刺激を受けて、ようやく神道じたいが主導した革新運動が、おくれてはじまった。伊勢神道、吉田神道である。そのときに、理論的習熟を欠いた神道の二派がたよった思想が、中国の道教《どうきょう》であった。道教を援用しながら、この二派はともに神を本地とし、仏を垂迹《すいじゃく》としていた。いわゆる反本地垂迹思想である。ここには本地垂迹論の新しい展開があった。

しかし、当時の日本の民間に広まっていった本地垂迹論は、この神道二派の理論さえ超えてしまっていた。人間を神仏の本地とする思想が生まれてい

最澄が天台教学に基づき
山王七社に本地仏を配し、
延暦寺の護法神とした
山王本迹曼荼羅図

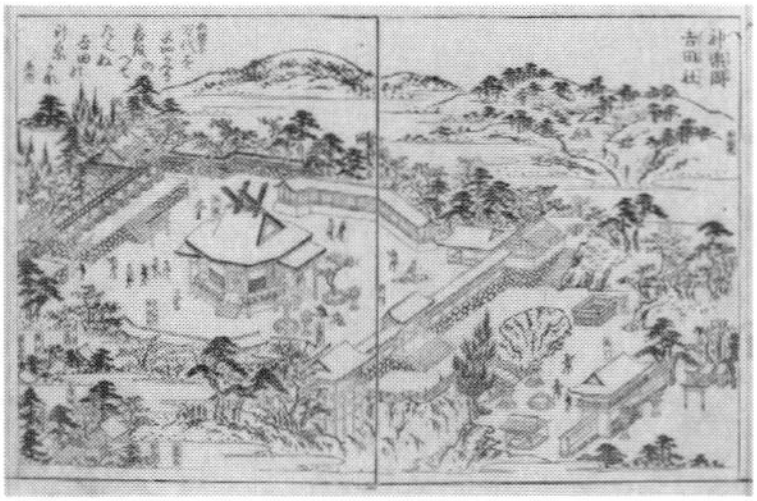
吉田神道大元宮
『都名所図会』
ちくま学芸文庫、一九九九年

たのである。

この重要な思想を説明するために、これまでの叙述をここで整理しておこう。

平安時代末から中世にかけての、仏・神・人の三者の関係に関わる日本人の思想は大きく次の三つに分けることができる。

A 《仏本地神垂迹》 仏教各派 山王神道 両部神道 三輪流神道

B 《神本地仏垂迹（反本地垂迹）》 伊勢神道 吉田神道

C 《人本地神仏垂迹・神本地神垂迹・神仏本地人垂迹》 中近世民間信仰

A・Bは仏教各派とすぐれた神道各派の指導者たちが、先行する天台《てんだい》・真言《しんごん》・律・道教などの思想を研究、理解して、宗派の存亡を賭けて生み出だした理論であった。しかし、その深層には、日本人の伝統的な心性が存在した。その霊魂不滅の伝統的心性がAやBと交渉しながらCを生みだしたのであった。

当時の民間信仰では、人が本地であって、神仏はその垂迹であるとする思想、その逆に、神仏が本地であって人は垂迹であるとする思想、などが広まっていた。人と神仏の交流である。

中世の民間信仰を盛りこんだ伝承・物語類や民間芸能の説経浄瑠璃などでは、人を本地とし、神仏を垂迹とすることはけっして珍しくはなかった。

本書の「V　親鸞の発見した日本人の原信仰」(113ページ)をすでに読まれた方々には、けっして予想外でも理解不能でもない展開であるはずである。たとえば、安寿厨子王《あんじゅずしおう》の哀話でよく知られている『山升太夫』*1の冒頭。

> ただいま語り申す御物語、国を申さば、丹後の国、金焼《かなや》き地蔵の御本地を、あらあら説きたて広め申すに、これもひとたびは人間にておわします。人間にての御本地を尋ね申すに、国を申さば、奥州、日の本の将軍、岩城の判官、正氏殿にて、諸事の哀れをとどめたり。

丹後の国の仏の金焼き地蔵の本地は、人間の奥州の岩城判官正氏であると語っている。このような、人が本地で神仏を垂迹とする思想が当時いきわたっていた。さらに、同じ中世の語り物『貴船《きぶね》の本地《ほんじ》』では、主人公の姫は「生

*1 山升太夫　「さんせう太夫」とも記す中世説教浄瑠璃の題材。

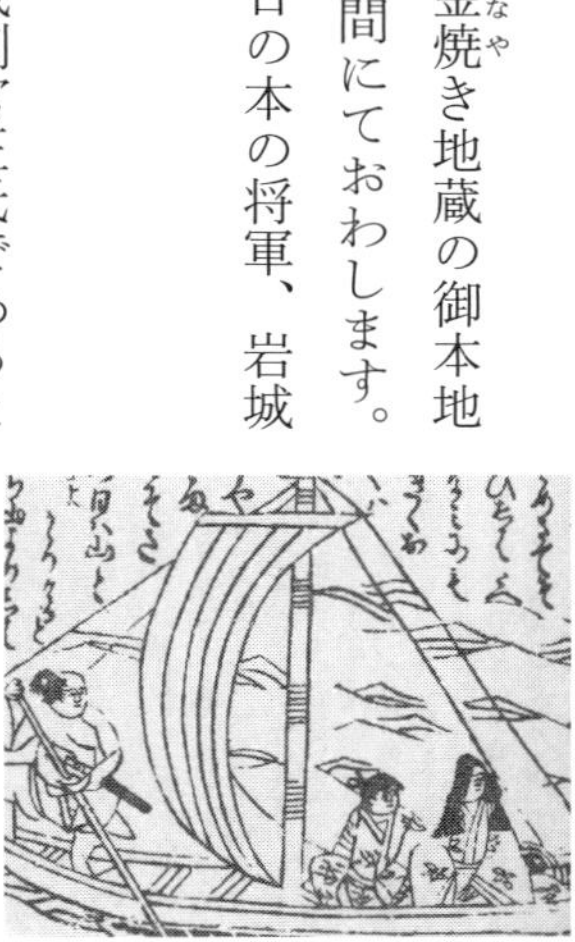

人買いに買われていく安寿厨子王『説経与七郎正本さんせう太夫』横山重『説経正本集』角川書店、一九六八年

を変えずして、現人神《あらひとがみ》と、現われさせ給い」と生きながらに神となっている。

逆に、中世の民間芸能の代表である『浄瑠璃御前物語《じょうるりごぜんものがたり》』（下図参照）では、薬師如来《やくしにょらい》から授かった仏の子が主人公浄瑠璃姫となって活躍している。ここでは神仏が本地で人間が垂迹である。

中世に誕生した能の複式夢幻能の主人公が、きまって前場で現世の人間として活躍し、後半で神仏として正体を現わす結末、近世の歌舞伎の荒事《あらごと》*2に代表される多くの演劇作品で、主人公が、最後に神仏となって終わる結末も、また、人の本地を神仏とする思想である。

人本地神仏垂迹、神仏本地人垂迹、すべては、人が神となる日本人の伝統的信仰の表現であった。

本地垂迹思想じたいは、仏教宗派、神道各派のすぐれた戦略的理論武装といえる。専門的学識を欠く民間宗教家や一般庶民が簡単に組みたてられる理論ではない。しかし、その理論を生み出し、さらに、それを逆転した反本地、人本地神仏垂迹、神仏本地人垂迹などの思想を誕生させた母胎は、日本人が永く伝えてきた、人は生きながらに、あるいは霊魂となって神となる、という人間観であったのである。

2荒事　勇猛粗暴な性格の持主であり、非現実的な霊力によって悪人を退治する江戸歌舞伎独特の役柄。

のちに別雷神（わけいかずちのかみ）と正体を示す歌舞伎十八番、『鳴神』の鳴神上人

『浄瑠璃御前物語』の主人公浄瑠璃姫と牛若

親鸞が、最後に到達した《自然法爾《じねんほうに》》の人間観、《人は形のない無上仏になり、浄土と現世を往還して、衆生を救済する》という教えは、当時の仏教や神道の各派が、こぞって追いかけた神と仏の習合理論を超えて、当時の日本人の伝承や芸能に表現されていたような、伝統的人間観をみごとに摂取・反映して、人と神仏の関係にまで踏み込んでいた。日本人の《人は神である》《人は霊魂となって永遠に生き、現世と他界を往来する》という人間観と、阿弥陀信仰とを融合させた、究極の《人本地仏垂迹》論であったのである。

私が、親鸞の思想は、仏教界では革命的ではあっても、けっして時代から孤立してはいなかったといいきる理由はまさにここにある。

親鸞と道元——救済と解脱——

日本人の伝統的人間観・神観と仏教の教えを融合させようという試みは、中世の宗教界の大勢であった。その時代に、その究極をきわめた僧が親鸞のほかにも存在した。親鸞とはまったく対立する思考過程をたどった禅宗曹洞宗の道元[*1]である。

道元は、幼いときにあいついで父と母をうしない、出家を志し、十四歳で比叡山に登った。しかし、天台教学に疑問を持って下山するという、この時代の各宗派の宗祖に共通する道をたどり、十八歳、臨済禅[*2]の明全《みょうぜん》についた。二十四歳、明全とともに入宋《にっそう》し、天竜山で中国曹洞宗の如浄《にょじょう》に師事、二十八歳で帰国して、ひたすらに座禅を行なう只管打坐《しかんだざ》の教えを説いた。

彼は、その著書の『弁道話《べんどうわ》』[*3]でいう。

ひたすらに座禅するとき、この世界はことごとく仏の世界となり、十方の法界、三途六道《さんずろくどう》の存在すべてが、みな直ちに心身明浄《みょうじょう》となって解脱《げだつ》を得る。

身はかりの姿で、生死定まることはない。しかし、心は常住である。過去・現在、変わることがない。このことを知ることが、生死を離れたというのである。

曹洞宗道元

1曹洞宗道元　参照10ページ注。

2臨済禅　参照10ページ注。

3弁道話　弁道は仏道修行に精進すること。中国から帰国した道元が門弟に語った教えをまとめた最初の体系的な著作。

菩提《ぼだい》、涅槃《ねはん》、悟りはすべては心性《しんしょう》の働きである。

この身が終わるとき性海《しょうかい》（真理の海）に入る。人は性海に集まるときに諸仏・如来のように妙徳がそなわる。

また、道元は『正法眼蔵《しょうぼうげんぞう》』でいう。

心は即ち仏である。

山河大地みな仏性海である。一切衆生、草木国土みな仏性《ぶっしょう》を持つ。

十方はみな仏の世界である。仏でない世界はない。

道元の説く禅は浄土教を他力とするなら、対極の自力の信仰である。座禅による自力の極みの解脱を求める。他力の極みの救済をもとめる親鸞の信仰とはまったく対立し、相反する方向を目指しているといえよう。その二人の説く仏教の究極は、しかし、ここで一致したのであった。

親鸞と道元が、ともに最初に学んだ比叡山延暦寺《えんりゃくじ》の天台宗には、生命を持つこの世の存在はすべて仏性《ぶっしょう》を持つという、「草木悉皆成仏《しっかいじょうぶつ》」という教えがある。比叡山天台宗の正式名称は天台法華円宗《てんだいほっけえんしゅう》といい、法華円宗、天台法華宗などともいう。この名称からあきらかなように、数ある経典のなかでも『法華経』を重視した。その『法華経』の「薬草喩品《ゆほん》」に釈迦のことばとして「草木悉皆成仏」が説かれている。人間だけではなく草木に至るまで、生命あるすべての存在に仏になることのできる仏性がそなわっているという思想である。同じ思想は『大般涅槃経《だいはんねはんぎょう》』では「一切衆生悉有仏性」と表現されている。一切衆生を人間に限るか、草木まで含めた生命あるすべてのものを含めるか、さらに国土など非情の存在にまで広げるかでは、インド、中国で議論があったが、日本の天台宗は、有情の人間や動物だけではなく、非情で生命のない国土にまで仏性を認めて、「草木国土悉皆成仏」という思想にまで拡大していった。

中世の金春禅竹《こんぱるぜんちく》*1作の謡曲『芭蕉《ばしょう》』（下図参照）に次のような場面がある。

能『芭蕉』の主人公
芭蕉の精

1 **金春善竹** 室町時代の猿楽師、能作者。金春流の中興の祖。

唐土楚《そ》の国の僧のもとに、庭の芭蕉の精が女性となって出現し、非情の草木でも成仏できるという仏の教えについて尋ねた。僧は答えた。「それは法華経の薬草喩品《やくそうゆほん》に草木国土有情非情、万物はすべて真実の相即《すなわ》ち仏性を持つとある」。

「薬草喩品」には「草木悉皆成仏」とある教えに国土を加えて有情非情《うじょうひじょう》、生命あるものもないもの、すべてに仏性を認める論を当然として説いている。仏教の日本化の典型例がここにもある。万物に霊魂の存在を認めるアニミズム*1の思想の仏教理論化といえる。

この天台仏教の思想は、当然、比叡山で修行した親鸞も知っていたはずであるが、親鸞はまったく言及していない。親鸞の思想は、どこまでも生命を持つ人間、つまり一切衆生救済のための教えであって、生命のない無機物に仏性を認める非情成仏、五行化成《ごぎょうかせい》*2、アニミズムそのものに通じるような「草木国土悉皆成仏論」とは違っていたといえる。

しかし、道元は自己の論にこの「草木国土悉皆成仏論」の思想を生かした。さきの『正法眼蔵』の「一切衆生、草木国土みな仏性」という教えである。

親鸞と道元の思索の過程は、このように正反対の方向をたどっていながら

1アニミズム　参照「霊魂の認識」（150ページ）。

2五行化成　木火土金水の五行（宇宙を構成する五つの要素）すべてが生命を持ち仏になるという思想。

最後に大きく一致していた。比較してみよう。

親鸞はいう。

極悪人が阿弥陀の大願によって救済されることは衆水《しゅすい》が海に入って一味となるようなものである。すべての罪悪は多くの川を通って海に入って同一の海流となって浄化される。

道元はいう。

この身が終わるときに真理の海に入る。真理の海に集まるときに諸仏・如来のように妙徳《みょうとく》がそなわる。

親鸞はいう。

人は形のない無上仏になり、浄土と現世を往還して、衆生《しゅじょう》を救済する。

道元はいう。

身はかりの姿で、生死定まることはない。心は常住である。過去、現在、未来、変わることがない。

両者の共通点は、諸悪は海に入って浄化されるという思想、身体から離れた霊魂・心こそが永遠という思想である。自力《じりき》と他力《たりき》、救済《きゅうさい》と解脱《げだつ》という、まったく正反対の方向をたどった二人の思考の究極が、このように一致したのは、日本人の伝統的死生観・霊魂観が働きかけたからであった。

日本仏教の最高知性の二人を同じ地点に導いた日本の伝統的心性《しんせい》の力の強さを私は切に思うのである。

VII

親鸞の後継者たち

——浄土真宗の確立——

宗門の動揺

阿弥陀仏を方便《ほうべん》とするところまでいきついてしまった親鸞の教えに、弟子たちがとまどったことは当然であった。親鸞の生存中からはじまっていた宗門の動揺は、当時の専修念仏《せんじゅねんぶつ》の人たちがおかれた逆風、きびしい政治状況が、最大の原因であったことはたしかであったが、親鸞の弟子たちの場合には、変化し、深化しつづける師の教えについていけなかったという事情も働いていた。

親鸞晩年の最大の事件は慈信房善鸞《じしんぼうぜんらん》*1の義絶であった。

善鸞は親鸞と妻恵信尼《えしんに》とのあいだに生まれた長男であった。京都にもどった親鸞から直接の教えをうけ、篤い信頼も得ていた。関東の地にひろがっていた親鸞の弟子たちが、教義をめぐってしばしば問題を起こしたときに、その動揺を鎮めるために、親鸞に命じられて関東に下っていた。善鸞五十歳のころかといわれている。

1 **慈信房善鸞** 鎌倉前期の僧。親鸞の長男で母は恵信尼。

善鸞は、はじめは忠実に関東の弟子たちの動向を親鸞に報告し、親鸞も懇切にそれに答えた手紙を返していた。しかし、東国の念仏集団の多様な動向に惑わされた善鸞は、このような親心にそむいて、自分の都合をはかった、いつわりの報告をするようになり、みずから異端の教えをひろめていった。親鸞はついに善鸞に父子義絶をいいわたしている。

そのときの善鸞あての手紙の概要を次に紹介する。建長八年（一二五六）五月二十九日の日付がある。親鸞はすでに八十四歳の高齢になっていた。

慈信房（善鸞）の教義については内容さえ知りません。私の知らないことを、慈信一人に、夜、親鸞が教えたのだと、人にいっておられるという。常陸《ひたち》・下野《しもつけ》の人たちは、みな、親鸞が嘘を申していると、いいあっておられるので、いまは慈信房と父子の義理を絶ちます。

母の恵信尼に奇怪な嘘をいいつけられたことも、あきれはてたことです。壬生《みぶ》の女性がここへきて、慈信房からもらったといって持参した手紙は、私の手許においてあります。その手紙では、恵信尼を継母といい、その継母に親鸞が惑わされていると書いてあります。いっしょに暮らした母なのに、けしからん嘘で、悲しいことです。このような虚言《きょげん》を、六波羅《ろくはら》*1や鎌倉などへ訴えられたこともつらいことです。

これらの嘘は現世のことですがいやなことです。まして、往生の大事で常陸や下野の念仏者をまどわし、それを親のせいにしたのはつらいことです。第十八願をしぼんだ花にたとえて、その願を皆で捨てたとは、まさに正しい法をそしる罪にあたります。仏道修行者の融和を破壊することは五逆の一つであり、親鸞に空言《そらごと》をかこつけるのは父殺しであり、やはり五逆の一つです。

このようなことを伝え聞き、あきれはてています。もう親ではありません。子でもありません。このことは、三宝神明《さんぼうしんめい》*2にはっきり申しあげました。

この手紙で親鸞が詰問している善鸞《ぜんらん》の罪状は次の五件であった。

1　善鸞一人だけが、夜、親鸞から教えられたという異端の教義を、関東の弟子たちにひろめている。

1 六波羅　六波羅探題。承久の乱（一二二一）ののち、鎌倉幕府が京都六波羅の北と南に設置した出先機関。

2 三宝神明　三宝は仏教徒が敬う仏・法・僧の三者。神明は神々。

2　実母恵信尼《えしんに》を継母であると嘘をつき、その継母に親鸞が惑わされていると書いた手紙を壬生《みぶ》の尼に送った。
3　六波羅や鎌倉の役所に、関東の信徒の動向をいつわって訴えでている。
4　往生の大事を親鸞から教えられたとして人々を惑わした。
5　第十八願をしぼんだ花だとして、関東の信徒に信仰を捨てさせた。

長男であってもとうてい許すことのできない罪過があげられている。しかし、5の第十八願をしぼんだ花としたことなど、善鸞一人にすべての責任を負わせきれない本質を持っていることも事実である。「十八願を信じて十八願を超える」の章（105ページ）でみたように、五逆と謗法《ぼうほう》の除外項目についての親鸞の解釈は、『教行信証《きょうぎょうしんしょう》』と『正信念仏偈《しょうしんねんぶつげ》』とで違いがあった。前者では五逆よりも謗法を重罪として除外例にのこした親鸞であったが、後者では、二つの罪に違いがなく、一念、信心を起こせば、五逆の人も正法《しょうぼう》をそしる人もすべてが、区別なく浄土に往生できるといっている。

　このように時期を異にして深まっていった親鸞の教えは、凡庸な善鸞には理解がむずかしく、都合のよい部分をつまみ食いし、誤まった解釈に陥《おちい》ってしまったのであった。親鸞は、十八願のもっとも肝心な除外項目を否定したのだから、この願全体がしぼんだ花になったのだと、善鸞は受け取ってしまったのである。

この十八願の除外項目と並んで、幕府や領主による関東の専修念仏《せんじゅねんぶつ》弾圧の口実をあたえた教義が、本願ぼこり、造悪無碍《ぞうあくむげ》であった。

関東には善鸞以外にも、誤まった説を親鸞の教えであるといつわって、世にひろめる弟子たちが数多くいた。親鸞がその書簡でくりかえし名をあげて批判している、常陸国の北の郡の善證房《ぜんしょうぼう》はその代表であった。阿弥陀の本願に悪をなした人をも救済しようとあることを逆手《さかて》にとり、わざと悪事をはたらいて往生の種にしようといいふらしている連中であった。親鸞はこの連中を、阿弥陀の本願に甘えてつけあがっているとして本願ぼこりとよんで、きびしくいましめている（『歎異抄《たんにしょう》』）。

また、いくら悪事をはたらいても往生の障碍《しょうげ》にはならないという主張は、造悪無碍ともよばれていた。親鸞は『末燈鈔《まっとうしょう》』に収められた書簡で怒りを吐露している。

阿弥陀の正しい教えも知らず、浄土の教えの他力も理解できず、なんともいいようのない放埓の限りをつくしている者どものなかに、悪は思いのままにふるまってよいなどといっておられるのは、許しがたいことです。そんなことをいいふらしている北の郡に住んでいた善證房という者には、逢ったこともありません。

十八願しぼんだ花説、造悪無碍論など親鸞を最後まで悩ました異端の言説が次から次へと現われた背景には、念仏宗門以外の仏教徒の反発、危険を感じた武家政権の弾圧などの要因が、働いていた。しかし、造悪無碍の論は、親鸞の悪人正機《あくにんしょうき》説からみちびきだされかねない考えであったことも事実である。

親鸞は、純粋に、無垢《むく》につきつめてきた教説を、やむなく、みずから修正をせまられる機会もあったことが、先に引用した建長八年書簡に代表される晩年の書簡などからうかがわれてくる。

覚如・蓮如の苦心

親鸞の生前にすでに信徒のあいだに教義上の混乱があったが、親鸞は、念仏者はすべて同行同朋《どうぎょうどうぼう》として、教義の違いによる教団や派閥の形成をゆるさなかった。しかし、親鸞の没後には、浄土真宗という宗派名も確定し、教徒の動揺は分派活動を生み、近世の初めまでに、本願寺派、大谷派、高田《たかだ》派、興正《こうしょう》派、仏光寺《ぶっこうじ》派そのほかの真宗十派*1が成立した。

そののち、発展をつづけ、現在、信徒数一千万をはるかに超える日本最大の宗教教団になった浄土真宗の歴史で、大きな役割を果たした人物が、中世中期の覚如《かくにょ》と、末期に現われた本願寺派八世の蓮如《れんにょ》であった。

覚如は、親鸞のひ孫であり、一門による親鸞墓所の留守職の地位を確立して本願寺派形成の道をひらき、『口伝鈔《くでんしょう》』『本願鈔』『改邪鈔』などの著作で、教義の乱れを正すうえに大きな役割を果たした人物であった。

そのあとをうけ、本願寺派の発展につとめた人物が蓮如である。

注。**1真宗十派**　参照6ページ

親鸞の数ある著述のなかから『正信偈《しょうしんげ》（正信念仏偈の略称）』と『三帖和讃《さんじょうわさん》』の二種を正式の教義書としたのは蓮如の父の存如《ぞんにょ》であった。これを継承して、蓮如は、この二書を浄土真宗正式テキストとして刊行し、みずからも『御文《おふみ》』によって多くの信者をみちびき、浄土真宗の土台固めを行なった。

建武四年（一三三七）、覚如六十八歳のときに、多くの異端・異義を排除しようとして執筆した書が『改邪鈔』である。当時の宗門の混乱がこの書からうかがわれてくる。

覚如が指摘する当時の主要な異端行為に注目してみよう。

自分勝手な説を立て、名簿をつくって、そこに名前を記せば、浄土に生まれる確約が得られたとしている。

絵系図と称して、阿弥陀を中心とした曼荼羅《まんだら》を作成し、一般信者の名をそこに記載する。

裳《も》のない衣に黒い袈裟をかけ、一風変わった風体で、いかにも遁世者だと見せかけている。

弟子とよんで、同行衆をひとりじめにしている。

同行衆をいましめ、ふるいたたせるために、寒空に冷水をくんであびせたり、炎天に灸をすえたりしている。

話しあって契約したことに違背したといって、同行や教えの師が義絶する場合、その人物が崇拝している本尊や経典を奪いとっている。

自分の仲間、他人の仲間とはっきり区別して、互いに論争しあっている。

春秋二季の彼岸を、念仏にはげむ時期としている。

道場と称して、軒なみに垣根をへだてたところに、それぞれの集会場を占有している。

浄土に生まれようとする信心については問題にせず、ただ没後の葬礼を中心とするかのように、衆議にかけて決定している。

師をあがめて阿弥陀如来になぞらえ、師の住む住居を阿弥陀仏がとくに誓いを立ててつくられた真実の浄土としている。

祖師聖人よりはるかにへだたったのちの弟子が立てた寺を本寺と称し、国中があげて尊敬する聖人の御廟所《ごびょうしょ》である本願寺に参詣してはならないと説いて、多くの人の信仰の邪魔をしている。

これらはすべて、覚如によって、邪説・異端としてきびしくしりぞけられた事項であった。親鸞の正しい教えと称しながら、それぞれに恣意的な振舞いにはしっていた様子がうかがわれる。純粋に教義への思索をふかめつづけた親鸞が、教団形成をみとめず、その組織論にふれることがなかったために、悩み苦しんだ後継者たちの悲痛な叫びが、ことに覚如や蓮如の著作や教えから聞こえてくるではないか。

はじめにのべたように、親鸞の思索は、大きく三段階をたどって深化した。第一段階は、仏教の先人、ことに源信《げんしん》や法然《ほうねん》にふかく学ぶことから始まった。しかし、第二段階では、しだいに日本の伝統的庶民信仰についてつきつめて考えるようになり、阿弥陀信仰との融和をはかっていた。そして、最終の第三段階では、伝統的庶民信仰が、阿弥陀信仰、仏教の教理さえ超えるところまでいきついてしまっていたのである。日本の伝統が渡来の仏教教理を超えたのである。

親鸞の後継者たちの苦闘は、この親鸞の教えを、もう一度、第二段階、つまり仏教教理と民衆信仰との調和をはかった段階にもどすことだったのである。

父の存如の作法を継承して蓮如が、親鸞の数ある著述のなかから、『正信《しょうしん》念仏偈《ねんぶつげ》』と『三帖和讃《さんじょうわさん》』の二種を正式の教義書と定めて普及につとめたことの真意は、まさにそこにあった。

宗門テキストの選定――『正信念仏偈』と『三帖和讃』――

親鸞の代表的著作の成立年代は次のようになっている。

元仁元年　一二二四　『教行信証《きょうぎょうしんしょう》』成る
宝治元年　一二四七　『教行信証』改訂
宝治二年　一二四八　『浄土和讃』『浄土高僧和讃』成る
建長二年　一二五〇　『唯信鈔文意《ゆいしんしょうもんい》』成る
建長四年　一二五二　『浄土文類聚鈔《じょうどもんるいじゅしょう》』成る
建長七年　一二五五　『愚禿鈔《ぐとくしょう》』『浄土三経往生文類』『尊号真像銘文《そんごうしんぞうめいもん》』『皇

太子聖徳奉讃』成る

正嘉元年　一二五七　『一念多念文意《いちねんたねんもんい》』『大日本粟散王《ぞくさんおう》聖徳太子奉讃』成る

正嘉二年　一二五八　『尊号真像銘文』（広本）『正像末法和讃』成る

文応元年　一二六〇　『弥陀如来名号徳《みょうごうとく》』成る

弘安六年　一二八三　このころ『歎異抄』成るか

正慶二年　一三三三　従覚『末燈鈔』編纂

親鸞の思索がこの著作順に深まっていったとみることができるなら、全体像の把握も容易なのであるが、『教行信証』『尊号真像銘文』に代表されるように、のちに増補改訂の手が加えられた作が多く、『歎異抄』『末燈鈔』のように親鸞没後に弟子たちによって編纂された作も存在する。

そのために、親鸞の思想の変化を、単純に著作成立の時系列で割り切ることはできない。蓮如が宗門テキストとして刊行した二つの書は、親鸞の思想全体の推移のなかで、どのような位置を占めているのか、確認してみる。

『正信念仏偈』（下図参照）、略称『正信偈』は、先行する著述『教行信証』の「行巻」の末尾の百二十句の七言の唱え文句を抽出した書であった。初期

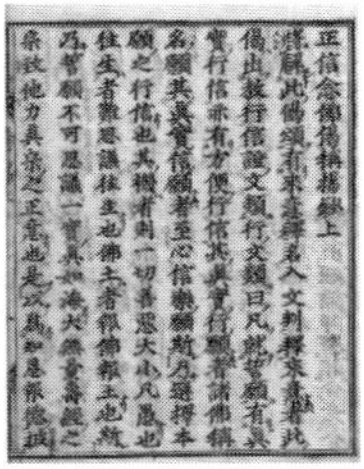

江戸時代寛文十二年（一六七二）に版本三冊として刊行された『正信念仏偈称揚鈔』

の著述として、先人の教えの祖述につとめ、未整理の箇所ののこる『教行信証』から、親鸞独自の思想をぬきだしている。

『三帖和讃』は親鸞作の数ある和讃のうち、「浄土和讃」「浄土高僧和讃」「正像末法和讃」の三種をまとめている。ここにも親鸞の思想の全体像を見通した卓抜な選択眼が光っている。前二作の和讃は親鸞七十六歳のときの成立であり、「正像末法和讃」（下図参照）は八十六歳のときに成立した。親鸞の思想でもっとも先鋭な八十六歳の法話《自然法爾《じねんほうに》》と時期はかさなっているが、その影響は認められない。

宗門テキスト二種には存如《そんにょ》・蓮如《れんにょ》父子のみごとな選択眼が働いていて、七十歳代後半から、《自然法爾》の法話以前、八十五歳くらいまでの、親鸞第二段階の調和のある思想がのべられている。

二作の内容をくわしくみてみよう。

浄土真宗の確立

二作の随所で親鸞はみずからの教えが「浄土門の真宗」「本願真宗」であるとのべていた。《真実の教え》の意味であったが、蓮如らは、この宗祖のことばに宗門浄土真宗確立の根拠を求めたのであった。

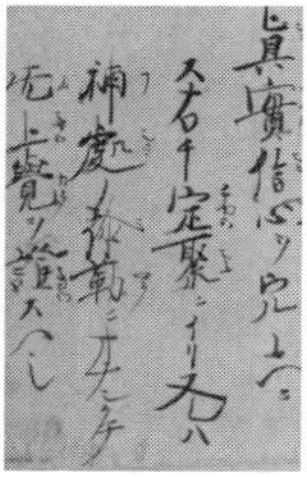

『三帖和讃』のうち「正像末法和讃」
三重県津市専修寺蔵

阿弥陀への絶対帰依

阿弥陀は宇宙の全方位を照らす久遠《くおん》のむかしからの絶対の仏であり、釈迦をはじめとする諸仏、諸菩薩はその化身である。阿弥陀を方便の仏とした第三段階の思想はここではまだみられない。

浄土教先人への傾倒

源信は浄土の仏が念仏の教えを広めるためにこの世に出現された存在であり、法然は阿弥陀の化身であった。

信と行

阿弥陀の信心をすすめる親鸞ではあったが、称名、つまり阿弥陀の名号を唱えることの重要さも説きすすめていた。名号にかぎっては、信と行の両方を認めていた。

荘厳な浄土

浄土の荘厳さは仏のみ知ることのできる境地であって衆生にとっては広大無辺の虚空である。荘厳な浄土を全否定してはいない。

女人往生

すべての女性は阿弥陀の大願によって臨終に男子に変わることによって浄土に生まれることができる。

このように浄土教一般に通じるおだやかな教えが、この二書には説かれている。しかし、日本人の伝統的他界観・霊魂観と浄土教教理との調和もはかられ、結果としてほかの浄土教とは異なる独自性をあざやかにうち出していた。

もっとも重要な教えが死者の浄土現世往還《じょうどげんせおうかん》である。浄土現世往還は阿弥陀の本願であり、浄土に行った人はこの濁った悪の現世にもどって衆生を救済する。その往還は阿弥陀の化身である釈迦と区別はない。二つの書の随所に強調される思想である。

浄土は西方に限定されず八方上下の十方に広がる空無である。五逆罪、正法誹謗のあらゆる悪は、暴風、にわか雨のような必然であるが、この空無の空間に注ぎ込み、多くの川が大海に注いで一つの潮流となるように浄化される。

そしてすべての天神地祇《てんじんちぎ》*1は念仏の人を守る善神である。

蓮如の経営戦略

1天神地祇　天の神と地の神。すべての神々。

浄土真宗発展の基礎を築いた蓮如は、越前の国吉崎《よしざき》に本拠をかまえ、門徒たちに『御文《おふみ》』または『御文章《ごぶんしょう》』ともよばれる手紙形式の仮名文章を送りつづけた。寛正二年（一四六一）から明応七年（一四九八）の約四十年間にわたる二百二十通余りがのこされていて、蓮如（下図参照）の思想を知る絶好の資料になっている。

この『御文』と歴代本願寺住持がまとめた『蓮如上人御一代聞書《れんにょしょうにんごいちだいききがき》』によって、宗門の確立と発展につとめた蓮如の思想をさぐってみよう。

蓮如の文には親鸞の教えが随所に引用される。しかし、親鸞と違う時代を生きた蓮如には、当然ながら、親鸞の思想をそのままに継承した思想と、変更を加えた思想とがあった。その異同をみていくことによって、宗門経営のきびしい時代を生きた蓮如の卓抜な戦略をうかがうことができる。

蓮如の思想を親鸞の教えとの関係に視点をすえて分けると、次の五種類にまとめることができる。

蓮如画像

1　親鸞の思想を蓮如も忠実に守っている思想
2　親鸞の説いた思想の大筋に従いながら蓮如が変更した思想

3　親鸞が説いた思想で蓮如が言及していない思想
4　親鸞の説いた思想を蓮如が否定した思想
5　親鸞が触れなかった思想で蓮如が唱えた思想

以下、順次に概観する。


まず1の親鸞に忠実に従っている蓮如の思想である。

親鸞の悪人観を蓮如も継承していた。親鸞は、阿弥陀の第十八願の五逆と正法誹謗の除外を認めず、ほかの罪と同様に、すべては阿弥陀の大願によって救済されるとした。この思想は、そのまま蓮如も継承している。

親鸞は死に際して阿弥陀聖衆が迎えにくるという来迎を否定した。蓮如も、来迎を否定する親鸞のことば「臨終待つことなし、来迎頼むことなし」をそのままに引用し、このことばを心に留めるよう説いている。

親鸞は浄土に往生したすべての人たちが浄土と現世を往還して衆生の救済につとめると説いた。浄土現世往還である。親鸞ほど言及する頻度は高くはなかったが、この教えは蓮如も説いていた。

文明六年（一四七四）の『御文』で、「安養《あんよう》の浄土[*1]へ参り、命は永遠となり、不老不死の楽しみを得て、さらにまたこの穢土《えど》へもどり、神通自在の力で広いつながりのある親族を思いのままに助けよう」とのべている。

親鸞が日本の神々に敬虔な信仰心を持っていたことはすでに本書で詳述した。蓮如もまた日本の神々を信仰し、『御文』の随所でその信念を吐露していた。蓮如は、明確な仏本地神垂迹の理論を奉じており、日本の神々は、阿弥陀が衆生を仏教に帰依させるためにかりの姿で出現した存在であると説いている。蓮如は、「日本の衆生にとって、仏菩薩は多少近付きにくいところがあるので、かりに方便の神明となって出現し、衆生と縁を結ぶのである」（文明七年）と説明していた。

2についてみる。

親鸞の考えを蓮如がさらに詳述、拡大解釈した教えは数多くある。

親鸞の基本的女人観は、そのままでは救済されず、男性に変わる必要があるという「変成男子《へんじょうなんし》」論であった。しかし、妻帯した親鸞は、事実上、女性往生を認めていた。

*1 **安養の浄土** 極楽浄土の別名。

蓮如も初期は「変成男子」の女人観であった。文明五年の『御文《おふみ》』では、過去・現在・未来のすべての諸仏に捨てられた罪ぶかい女人も阿弥陀の大願によって救済されるとし、「第十八願でいっさいの悪人・女人を助けたまえるうえに、さらに女人は罪ぶかく、疑いの心がつよいので、かさねて第三十五願で女人を助けようという願を起こされた」とのべていた。第三十五願はおおよそ次のような内容である。

たとい、われ仏となることができるとしても、女人ありて、わが名を聞き、よろこび信じて、菩提心を起こして女身のあさましさを思い知るであろう、その人が臨終の際にまた女姿となるならば、われは正しい悟りを得まい。

この文によるかぎり、女人往生には変成男子が前提になっている。しかし、蓮如は、のちには、「三世の諸仏に捨てられた女人をかならず助けようとお誓いなさって阿弥陀仏とおなりになった。それゆえに、いっさいの女人は、ふかく阿弥陀如来を頼み申し、後生《ごしょう》を助けたまえと、一念にふかく頼めば、かならず皆極楽に往生することは疑いがない」（明応七年）とのべる。阿弥陀を信じればかならず往生できると強調し、「変成男子」には言及しなくなった。

親鸞は地獄の恐ろしさを強調することはしていない。先人が地獄の恐怖を説くことによって浄土への信仰に誘いこむ手段に使ったふしがあったのに対し、親鸞は、地獄に堕ちるような悪事を犯しても阿弥陀を信じた瞬間に浄土へ往生できる、と教えて地獄の恐怖を和らげていた。

蓮如は随所に地獄に言及している。死出の山、三途の川などのイメージも説いている。しかし、地獄の恐怖を説くよりも、阿弥陀への信仰を優越させて語るという点では親鸞に従っていた。

阿弥陀の画像や木像を親鸞はみとめていなかった。感覚ではとらえられない空無の浄土を説く当然の帰結であった。蓮如も「他流では、名号よりは絵像、絵像よりは木像というが、当流では、木像よりは絵像、絵像よりは名号を大切にする」と教えて、親鸞の教えを生かしていた。

3についてみよう。

親鸞が説いたにもかかわらず蓮如がふれていない思想の代表は《自然法《じねんほう》

爾《に》》である。人は死ねば無上仏となり、阿弥陀はその真理を知らせる方便であるという、親鸞最晩年の教えである。蓮如の阿弥陀観は、法蔵比丘がすでに大願を成就して仏になった存在としており、親鸞が《自然法爾》以前に持っていた思想にもどっていた。

親鸞は阿弥陀と太陽を重ねて信仰していたが、蓮如の太陽への言及はない。同様に、大地への信仰を蓮如の教えにみることはできない。

4についてみる。

親鸞の説いた教えを蓮如が事実上否定した思想も存在する。

親鸞は阿弥陀への信心を教えて、かならずしも口に出してとなえる称名を求めていなかった。『正信念仏偈』では行と信の両方を認めていたが、『末燈鈔』では「信心のさだまるとき、往生またさだまるなり」とのべて、信心を称名の行に優越させていた。

宗派を確立して、大衆に教義を分かりやすく説く必要があった蓮如は、口に出して名号をとなえる称名の大切さをくりかえし説いている。「行住坐臥に、口にとなえる称名をば、ただ弥陀如来のお助けくださるご恩にお報いする念仏であると心得なさい」（文明五年）。

このような蓮如の教えの根底には、唐の善導が『観経四帖疏《かんぎょうしじょうしょ》』*1で説いた五種の正行《せいぎょう》という考えがあったのである。

善導は雑と正の二種に行を分け、信心のために行なう正行として、

読誦・観察・礼拝・称名・賛嘆供養

の五つをあげ、称名をもっとも正しい行とし、ほかの四種を補助の行としたが、（『蓮如　一向一揆』58ページ頭注）。親鸞は、最後には、すべての行を否定したが、蓮如は五種の行を正行として認めたのであった。

極楽についての教えも蓮如は親鸞とは違っていた。親鸞は浄土ということばを用い、他宗が説く極楽観を否定した。親鸞の思想の核心である。

しかし、蓮如は、極楽ということばを復活し、その方角を西方と定めた。「西方極楽世界の阿弥陀の浄土」（文明五年）という表現をみても、阿弥陀の浄土を西方極楽と理解し、両者を区別していなかったことがあきらかである。

最後の5についてみる。

親鸞が触れなかった思想で蓮如が唱えた思想である。

1観経四帖疏　中国の善導が撰述した『仏説観無量寿経』の注釈書。四巻から構成される。『観無量寿経疏』『観経疏』ともよばれる。

浄土真宗という大宗派の責任者となった蓮如《れんにょ》は、宗派の維持と発展のために、親鸞とは異なる分野で苦労を重ねなければならなかった。その主要な問題をとりあげる。

五十八歳の文明三年（一四七一）八月、越前国吉崎御坊に布教の拠点を定めた蓮如は、集まってきた信徒たちに、守るべき十条の律法を伝えた。この律法はくりかえし『御文』にも表現されている。文明七年五月七日の文から要点を引用する。

一　諸神、諸仏菩薩を軽んじてはいけない。

二　日常生活の外見では王法を遵守し、心中では仏法を専らとすること。

三　地方においては守護・地頭をけっして粗略にしてはならない。

四　当宗派の安心の趣きをよく理解し、すみやかに次の浄土往生を確定すべきである。

五　信心決定のうえは、つねに仏恩感謝の称名念仏を唱えなければならない。

六　他力の信心を決定した人々は、ほかの人々を教化しようと決意すること。

七　坊*1の主となっている人は自分の心を安定させ、門徒をあまねく信心の仲間に入れなければならない。

八　浄土真宗のなかでいってもいない教えで、当宗を乱してはならない。

九　仏法について、たとえそれが正しい教えであっても、わざと外部に見せつけるようなことはやめるべきである。

十　浄土真宗の信仰の姿をわざと他人に見せて、当宗の様子を外部にあからさまにしてはならない。

1 坊　僧侶の住居。

二、三は、取締り権力に対する配慮である。親鸞も僧籍をうばわれて京都を追われた身であったから、公権力に対する配慮は怠らなかったはずであるが、蓮如は教団の維持という、親鸞を超えた問題に苦心しなければならなかった。士・農・芸能・商のそれぞれが、それぞれの道にはげんで、阿弥陀の本願を頼むべきであるという教え（年次不明）からも、仏教の日常化をはかった蓮如の心遣いがみえる。

七、九、十は、他宗派に対する配慮である。ここにも、親鸞が直面しなかった蓮如の課題があった。蓮如は、自宗を浄土真宗とよぶようにくりかえし主張し、浄土宗他派との違いを強調していた。

このようにみてくると、蓮如の教えが、宗門テキストに選定した親鸞の二つの書の教えと忠実に対応していたことがあきらかになる。蓮如が否定したり変更したりした親鸞の思想は、基本的に、親鸞が、第三段階で到達した先鋭な教えや、第一段階の未整理の考えに限られていた。

同じ浄土真宗であっても、京都市下京区に本拠を持つ仏光寺派のように、宗門テキストを親鸞の著述ではなく、唐土の『仏説大無量寿経《だいむりょうじゅきょう》』『仏説観無《かんむ》量寿経《りょうじゅきょう》』『仏説阿弥陀経《あみだきょう》』の「浄土三部経」にまでもどって定める宗派さえ存在するなかで、蓮如の苦心は際立っていた。

宗祖親鸞の教えを可能なかぎり尊重し、しかも時代の変化にみごとに対応した驚嘆すべき後継者が蓮如であった。

京都仏光寺

葬儀・法要にみる浄土真宗の現在

浄土真宗の法要や葬儀は他宗と違っている点が目立つ。私が親鸞につよい関心を持つようになったきっかけも、浄土真宗大谷派の葬儀の作法が他宗と違っていたことにあった。

葬儀や法要について、他宗派と相違する点を列挙してみる。じつは、浄土真宗のなかでも、派を異にすると違ってくる作法もすくなくない。ここでは浄土真宗諸派に共通する代表的な作法に注目する。

臨終　他宗では末期の水を飲ませるが、浄土真宗では行なわない。他宗派で行なう、枕飾りに水や一膳飯《いちぜんめし》、枕団子《まくらだんご》を供えたり、衣服を逆にかぶせたり、額などに白紙をはったり、屛風を逆さに立てたり、魔除けの守り刀を持たせたりもしない。

遺体　納棺の際に、「死装束《しにしょうぞく》」（経帷子《きょうかたびら》を着せ、額に三角巾、六文銭の入った頭陀袋を首にかけ、手甲脚絆《てこうきゃはん》、草鞋に杖を持たせる、などの遺体の旅支度）はさせない。浄土真宗では、念仏の教えにうなずいたときに、阿弥陀仏の本願で浄土に還ることが約束されているので、死出の旅路に出る必要はないとしている。

葬儀　正面には、本尊（『南無阿弥陀仏の名号』または『阿弥陀如来の絵像』）を用意する。死者の遺影を飾るときは葬儀壇の中心を避け、左右いずれかにずらす。葬儀壇の飾りは、五具足《ごぐそく》*1（または三具足）で紙華《しか》一対と餅一対、菓子一対、果物一対などの供物をそなえる。

焼香　線香を立てない。線香は江戸時代中期に、燃香《ねんこう》という正式な作法を略式にしたものであった。そのため、たとえ線香を用いても、形は燃香に近いように線香を香炉の大きさに合わせて二、三本に折って、横に寝かせてそなえる。また、香をつまんでおしいただくこともない。

数珠《じゅず》　念珠《ねんじゅ》ともいう。各派によって一輪念珠、二輪念珠など使用用途に相違がある。共通して、練り鳴らすことはない。男性は紐房《ひもふさ》、女性は布を飾りとする切り房を用いる。

通夜　通夜式の後に蝋燭《ろうそく》の火や香を絶やさないようにと、親族が交代で徹夜の番をするという作法もない。

以上の浄土真宗の葬儀には宗祖の親鸞の教えが浸透している。納棺に旅支度をしないということは死者の往還の教えによる。死者は即座に浄土におも

*1 **五具足**　香炉一個、燭台一対、花立て一対の五つの葬具。三具足はそれぞれ一個ずつ。

むき、即座に現世に還ってくることができるので旅支度の必要はない。臨終に際して食事や水をそなえず、衣服や屏風を逆さにしたり、魔よけの守り刀を用意したりしないのは地獄の軽視である。死者が地獄に堕ちて飢えることはないので食事の用意や納棺の際の六文銭も不要である。六文銭は地獄へ行く三途の川の渡し賃と考えられてきた。また衣服や屏風を逆さにするのは、あの世の秩序が現世と逆とみなされているからである。

通夜の式のあとに蝋燭の火や香を消してしまうのも、やはり地獄の存在を強調しないことに基づいている。死者はすべて即座に阿弥陀浄土へ往生するので、死者が道に迷うこともないのである。

焼香で線香を折って用い、額にいただかないなど独自の作法がある。香にはドラッグ効果があり、仏教では密教系で多用されている。シャーマニズムを仏教と融合させた密教は呪術性がつよく、シャーマンがトランスに入るときに用いる護摩《ごま》を利用した。密教は自力の最たるものといえる。親鸞がしばしば呪術を著作で排除していたのも、そのためであり、ここには親鸞以降の浄土真宗の苦しい選択が看取される。

葬場の飾りで、正面には、『南無阿弥陀仏の名号』または『阿弥陀如来の絵像』を用意し、故人の遺影を飾るときは葬儀壇の中心を避け、左右いずれかにずらすという作法も、浄土に阿弥陀が迎えてくださるという教えによっている。私が弟の葬儀場で違和感を抱いた浄土真宗特有の飾り方である。

先にもふれた覚如《かくにょ》は、著書『改邪鈔《かいじゃしょう》』で葬儀を批判して、

> （他宗の自力の）聖道門《しょうどうもん》*1においては……物心がつくりなすこの生みの身体のままで、愚かなひとが一足飛びで浄土の蓮の台《うてな》にのぼる、とはけっして言わない。他宗の教義と異なったわが真宗においては自（真宗）を立てて他（他宗）を廃するには、これ（一足飛びに蓮の台にのぼるという教え）に従って行なう。ところが浄土に生まれるための信心について論議もしないで、没後の葬礼という、ただの死者の冥福を祈る儀礼を、わが宗の肝要とするかのごとく話し合うものだから、祖師聖人の内心の信仰も現われないし、僧俗・男女がともに差別なく浄土に生まれる道をも知らずに、ただ世間に行なわれるあの卑俗な無常講とかいうものと同じもののように、多くの人がみなしていることは、注意しなければならないことである。

1聖道門　自力の仏教。中国唐代の道綽が仏教を聖道門（自力・悟り）と浄土門（他力・救済）に分けたことに由来する。

といっていた。このあとに、有名な、遺体を「賀茂川の魚に与えよ」という親鸞の遺言が引用されている。

じつに明確な葬儀の否定である。「僧俗・男女がともに差別なく浄土に生まれる」道が、親鸞の教えであり、その教えに従って覚如は断固として葬儀を不要と断じていたのであった。

しかし、仏教宗派にとって葬儀は宗派の存続をかけた最重要行事である。親鸞の遺言が守られなかったことはすでにみた通りである（「霊肉分離――親鸞の遺言――」172ページ）。

現在の浄土真宗は、葬儀についておおよそ次のようにいう。

浄土真宗の門徒《もんと》にとって、葬送の儀式は永遠の別れを告げる儀式ではない。亡き人を悼《いた》み、その遺徳を偲《しの》ぶとともに、再び会うことのできる世界・浄土のあることをともどもに確かめあう法会《ほうえ》なのである。葬送の儀式は、形式的に行なうのではなく、また見栄にとらわれることなく、浄土真宗の教えに反しないように行なわなければならない。

中陰《ちゅういん》については次のように説明している。

仏教一般では、人が亡くなってからの四十九日間を中陰といい、死者があの世へ旅立つ期間とされている。阿弥陀如来の本願他力によって浄土に生まれて仏となる教えの浄土真宗では、中陰という考え方はない。命日から七日ごとにお参りを重ねる「七日参り」や「四十九日忌法要」は、追善供養して亡き人を浄土へ送るためではなく、故人の遺徳をしのび、人生の意義や念仏について考え、阿弥陀への縁をふかめるきっかけとする。

親鸞の教えの大綱に従いながら、しかし、浄土真宗という日本仏教最大の宗派を維持・発展させてきた真宗の歴代指導者の苦衷がにじみ出ている。浄土真宗の年中行事にも苦心と工夫がみられる。元日の元旦会から始まって、大晦日の除夜会で終わるまで、浄土真宗の年中行事は、日本人の伝統習俗を守りながら仏教の基礎法会と融合させている。

元旦会については、

新しいこの一年を、念仏とともに生きる決意を新たにするため、仏に挨拶する法要。

と説明している。他宗派ならば、鬼を払う火と水の盛大な祭典である修正会の季節であるが、浄土真宗では、一般日本人家庭の正月と違いはない。密教的な呪術性をきびしく排除するからである。

盂蘭盆会《うらぼんえ》については次のように説明している。

亡き人を偲びつつ、お浄土への道を歩ませていただけるよう、家族ぐるみで法を聞くためのおつとめ。他宗のように特別な飾りや迎え火・送り火などはしない。先祖への感謝と仏教が合体した法要である。

また次のようにものべている。

浄土真宗でもお盆の法要は営む。しかし迎え火・送り火は焚かない。それらはお盆の期間だけ亡き方が帰ってくるという考えに基づいているが、浄土真宗では亡き方は一年に三日間だけではなく、いつでもここにいると考えているので、迎えも送りもしないのである。

浄土真宗では亡き方は仏さまとなってお浄土にいらっしゃる、という表現をする。お浄土は自分の努力や才覚で行こうとすると大変遠い世界である。しかし、仏の側からすれば、いつでも私たちを包んでくださっている世界といえる。亡き人は、阿弥陀如来とともに、いつでも私たちとともにあって、私たちを支えてくださっている。

盂蘭盆会《うらぼんえ》は地獄の存在を前提とした死者供養である。この日、地獄から解放されてもどる餓鬼たちを供養する法要が起源であった。その創始者と伝えられるインドの目連《もくれん》は地獄に堕ちた母を救済するために釈迦の許しを得て地獄を遍歴し、ついに母を発見して地獄を破壊して救いだした。その目連が母以外の大勢の亡者を救済するために始めた行事が盂蘭盆会であったと一般にはいわれている。

イラン語で霊魂を意味するウルバンという祖先祭祀に由来するという有力な異説もあるが、いずれにしても死者供養が起原である。そののち、餓鬼以外の死者をも招いて供養する行事に拡大したが、しかし、死者はあの世にいて簡単にはこの世にもどれないという信仰に基づく行事である。迎え火・送り火はその亡者の道しるべである。右の説明にも、一般仏教の行事を、核心部分を変更しながらも取り入れてきた苦心をみることができる。

以上のわずかな例示からもはっきりみえてくるものがある。親鸞の教えに可能なかぎり従いながら、日本仏教の一宗派として、教団勢力の版図拡大をはかってきた浄土真宗各派の歴代の指導者たちの、苦心の経営戦略の実態である。

親鸞の教えは純粋で一貫していた。しかし、日本人が持ちつづけてきた神と人、死と生の循環する生命観が、時代の変化、生活習慣の推移のなかで、しだいに日本人にも理解不能になっていったように、ある種のあやうさ、はかなさを持った教えでもあったといえる。ことに、「浄土三部経」*1をはじめとする経典、歴代浄土教指導者の言動を超え、ときには否定する思想は、後継者たちを困らせ、混乱させる一面を持っていた。

大教団を維持し運営していかなければならなかった後継者たちが、あたう

1 浄土三部経　参照22ページ注。

かぎり宗祖の教えの精神を生かしながら、時代に適応していった苦心の軌跡が、現在の浄土真宗の法要や行事のしきたりからもはっきりとみえてくる。

参考文献

断らないかぎり親鸞、法然、源信、道元、一遍、蓮如の著述は次の諸本による。

伊藤博之『新潮日本古典集成　歎異抄　三帖和讃』新潮社、一九八一年
笠原一男他『日本思想大系　蓮如　一向一揆』岩波書店、一九七二年
大橋俊雄『日本思想大系　法然　一遍』岩波書店、一九七一年
星野元豊他『日本思想大系　親鸞』岩波書店、一九七一年
石田瑞麿『日本思想大系　源信』岩波書店、一九七〇年
寺田透他『日本思想大系　道元上』岩波書店、一九七〇年
名畑応順他『日本古典文学大系　親鸞集　日蓮集』岩波書店、一九六四年

右以外の参考文献は本文中に参照した順に配列している。

Ⅰ　親鸞の悪人――問題の所在――

平雅行『日本中世の社会と仏教』塙書房、一九九二年

石井教道『法然上人伝記』(『昭和新修法然上人全集』平楽寺書店、一九七九年

松本彦次郎『日本文化史論』河出書房、一九四二年

山折哲雄監修『世界宗教大事典』平凡社、一九九一年

Ⅱ　日本の浄土信仰――先人に学ぶ――

豊原大成『親鸞の生涯』法蔵館、二〇〇八年

赤松俊秀『親鸞』吉川弘文館、一九六一年

Ⅲ　親鸞の地方体験――日本の伝統に学ぶ――

存覚『親鸞聖人正明伝』(佐々木月樵編『親鸞伝叢書』無我山房、一九一〇年)

諏訪春雄『日本の祭りと芸能』吉川弘文館、一九九八年

『本願寺聖人伝絵』真宗大谷派宗務所出版部、一九八七年

如信『口伝鈔』石田瑞磨『東洋文庫　歎異抄・執持鈔』平凡社、一九六四年

講談社編『親鸞めぐり旅』二〇一〇年

井上光貞『日本思想大系　律令』岩波書店、一九九四年
諏訪春雄『大地　女性　太陽　三語で解く日本人論』勉誠出版、二〇〇九年
石田茂作『法隆寺雑記帖』学生社、一九六九年
笠原一男『親鸞』講談社学術文庫、一九九七年
家永三郎「歴史上の人物としての親鸞」『日本思想大系　親鸞』岩波書店、一九七一年
赤松俊秀『親鸞』吉川弘文館、一九六一年
石田充之「『教行信証』解題」（星野元豊他『日本思想大系　親鸞』岩波書店、一九七一年）
今井雅晴『親鸞聖人稲田草庵』自照社出版、二〇一一年
「親鸞聖人御消息集二八」『日本古典文学大系　親鸞集　日蓮集』岩波書店、一九六四年

Ⅳ　深まる親鸞の信仰——日本人の人間観の認識——

伊藤博之『新潮日本古典集成　歎異抄　三帖和讃』新潮社、一九八一年
津田徹英「親鸞の造形——その姿とかたち——」『法然と親鸞　ゆかりの名宝』二〇一一年、東京国立博物館
単増多傑編『中国絵画の西方極楽世界』陝西師範大学出版社、二〇〇八年
中村元他『浄土三部経』二冊、岩波文庫、一九六三年

三善為康『後拾遺往生伝』(諏訪春雄「地獄往来から地獄破りへ」『日中比較芸能史』吉川弘文館、一九九四年、に引用)
中村元ほか訳『浄土三部経上』岩波書店、一九五三年
『尊号真像銘文(現代語版)』本願寺浄土真宗教学伝道研究センター、二〇〇四年

V　親鸞の発見した日本人の原信仰

堀一郎『我が国民間信仰史の研究(二)』創元社、一九六三年
定方晟『インド宇宙誌』春秋社、一九八五年
定方晟『須弥山と極楽』講談社現代新書、一九七三年
赤松智城・秋葉隆『朝鮮巫俗の研究』大阪屋号書店、一九三八年
家永三郎『中世仏教思想史研究』法蔵館、一九五七年
吉川弘文館『新訂増補国史大系26』二〇〇七年
丹生谷哲一『検非違使　中世のけがれと権力』平凡社選書、一九八七年
勝俣鎮夫『中世の罪と罰』東京大学出版会、一九八三年
河合幹雄『安全神話崩壊のパラドックス　治安の法社会学』岩波書店、二〇〇四年
諏訪春雄「日本人の刑罰観」『ジャイロス12 治安崩壊』勉誠出版、二〇〇五年三月

ロバート・ニーリー・ベラー・河合秀和訳『社会変革と宗教倫理』未来社、一九七三年
佐伯有清『新撰姓氏録の研究』全二巻、吉川弘文館、一九六二年、一九六三年
松村武雄『日本神話の研究』全四巻、培風館、一八五八年
諏訪春雄『霊魂の文化誌』勉誠出版、二〇一〇年
E・B・タイラー『原始文化――神話・哲学・宗教・言語・芸能・風習に関する研究――』（比屋根安定訳）誠信書房、一九六二年
『春秋左氏伝』他（『新釈漢文大系』）明治書院、一九六〇年以降
諏訪春雄『風水　日本と中国・朝鮮』（未刊）
小野沢精一他『気の思想』東京大学出版会、一九七八）
柳田国男「先祖の話」『柳田国男全集十三』筑摩書房、一九九〇年
津田左右吉『古事記及び日本書紀の新研究』洛陽堂、一九一九年
『改邪抄』（石田瑞麿『東洋文庫　歎異抄・執持鈔』平凡社、一九六四年）
諏訪春雄『日本の幽霊』岩波新書、一九八八年

Ⅵ　日本仏教の究極

中村元『日本仏教語大辞典』東京書籍、一九七五年

伊藤博之「末燈鈔」『新潮日本古典集成　歎異抄　三帖和讃』新潮社、一九八一年
多屋頼俊「消息」『日本古典文学大系　親鸞集　日蓮集』岩波書店、一九六四年
浄土真宗聖典編纂委員会『一念多念文意現代語版』本願寺出版社、二〇一〇年
浄土真宗聖典編纂委員会『唯信鈔文意現代語版』本願寺出版社、二〇〇三年
新川哲雄「『草木国土悉皆成仏』について」『研究年報29』学習院大学文学部、一九八三年
小山弘志他『日本古典文学全集　謡曲集（1）』小学館、一九七三年
諏訪春雄「中国の神観念」『霊魂の文化誌』勉誠出版、二〇一〇年
村山修一『本地垂迹』吉川弘文館、一九七四年
西田直二郎「神道に於ける反本地垂迹思想」『日本文化史論考』吉川弘文館、一九六三年

Ⅶ　親鸞の後継者たち――浄土真宗の確立――

笠原一男『親鸞』講談社学術文庫、一九九七年
笠原一男他『日本思想大系　蓮如　一向一揆』岩波書店、一九七二年
源了圓『浄土仏教の思想 第12巻 蓮如』講談社、一九九三年
『改邪鈔』（石田瑞麿『東洋文庫　歎異抄・執持鈔』平凡社、一九六四年）
笠原一男他『日本思想大系　蓮如　一向一揆』岩波書店、一九七二年、五八ページ頭注

西原祐治『浄土真宗の常識』朱鷺書房、二〇〇六年
「特集　知っておきたい浄土真宗の基礎知識」『大法輪』大法輪閣、二〇一二年五月
本多弘之『根本言の意味開示』真宗大谷派東京教務所、二〇一三年
岩本裕『日本仏教語辞典』平凡社、一九八八年

親鸞理解の三つの視点——あとがきに代えて——

親鸞ほど日本人にひろく知られている宗教家はいない。日本最大の仏教宗派浄土真宗の教祖という背景があるからであるが、それだけにとどまらない。日本の歴史と風土が生み出した最高の思想家でもあるからである。

親鸞を論じた書は無数といってよいくらいに世に出まわっている。本書の執筆のために、私も、親鸞を論じた本は、新刊書を中心に手当りしだいに読んだが、しかし、私の眼にした本は、おそらく、親鸞を扱った本の一割にも満たないであろう。

そんな私の乏しい体験からもはっきりといえることがある。

世に出まわっている親鸞を論じた本の内容を判断する視点は三つにしぼることができる。この三つをどのように論じているかを見れば、その本の評価が決まる。

一つめ。「善人なほもて往生をとぐ、いわんや悪人をや」という、親鸞の悪人観をどのように説明しているか。
二つめ。「わが死体は賀茂川に投げ入れ魚に与えよ」という親鸞の遺言をどのように説明しているか。
三つめ。親鸞最後の教え「自然法爾《じねんほうに》」をどのように説明しているか。

この三つの問題の当該箇所を読めば、ほかの記述は読まなくともその本の性格と価値が判断できる。

第一の親鸞の悪人観は、悪人正機論、悪人正因論とよばれる論議が展開されて、広範囲の人たちをまきこんだ論争になっている。そして、親鸞を論じた本で、多少にかかわらず、悪人正機論にふれていないものはない。その論の展開については、本書の「I 親鸞の悪人―問題の所在―」でくわしく論じた。しかし、この問題についてまだ正解は出されていない。それが私の判断である。すべての罪悪はケガレであり、海に入って浄化されるという日本人の伝統的罪悪観なしには生まれてこない親鸞の悪人観である。

第二の親鸞の遺言についても多くの親鸞関係本がふれている。この遺言に論究した本がほぼ共通してのべていることは、死後に弟子たちや遺族に迷惑をかけたくないという親鸞の配慮だという論旨である。現在も行なわれている内々だけの密葬ですませたなどという配慮に、程度は違っても通じるところがある説明法である。

また、肉体よりも魂のあり方を重視する親鸞の思想表現だと説明する書もある。

これらの理解はまったくの誤りとはいえないが、親鸞の真意をとらえた正解とはいえない。親鸞の遺言は当時の仏教一般の教えと真っ向から対立しているからである。釈迦の遺骨を分祀したことに始まる舎利信仰、舎利信仰に伴って日本に普及した火葬や供養碑建立、祖先の遺骨を厚く葬る祖先祭祀など、当時の仏教の教えにことごとく背く決意を親鸞にさせた真の動機を解明しきった書に、私はまだ出逢っていない。ここにも霊魂こそ永遠とする日本人の伝統的死生観が確固として存在する。

第三の親鸞八十六歳の最後の教え「自然法爾《じねんほうに》」も、また、数多く世に出まわっている親鸞関係書から正当な扱いを受けていない問題である。

ほとんどは、この教えを無視して扱っていない。たしかに説明に困る教えである。

（1）阿弥陀は方便である。

（2）阿弥陀のお誓いとは念仏の人が形のない無上仏である真理を悟らせることである。

この二つの内容をどのように説明したらよいのか。

私が読むことのできたこの教義を論じた書は以下の四冊である。

米沢英雄『自然法爾（ジネンホウニ）―親鸞聖人円熟期の人間救済の根本思想』光雲社、一九八四年
佐藤覬夫『親鸞・自然法爾―やわらかな心』日本図書刊行会、一九九八年
菅原信隆『自然法爾　心の奥底にいだく根本矛盾の克服』法藏館、二〇〇七年
山折哲雄『親鸞の浄土』アートデイズ、二〇〇七年

この四冊に共通していることは、二つの内容を含む親鸞の教えのうち、阿弥陀を方便の仏とする（1）にはふれず、（2）だけをとりあげ、念仏信者が無上仏になることは阿弥陀の誓いとして自然に決まっているのだと、無難に説明する。

親鸞自筆文や『末燈鈔』が伝える「自然法爾」の短い文章だけなら、（2）を強調して、右のように解することは、誤まりではあるが、そう解釈できる余地がまったくないわけではない。

しかし、私が本書の「親鸞最後の阿弥陀観―自然法爾―」でくわしく説明したように、親鸞は、『一念多念文意《いちねんたねんもんい》』『唯信鈔文意《ゆいしんしょうもんい》』などの同時期のほかの著述でも、仏には、感覚でと

らえられない法性報身《ほっしょうほうしん》と、感覚でとらえられる方便法身《ほうべんほうしん》の二種があり、阿弥陀は方便法身であり、衆生こそが無上仏の法性法身だといいきっているのである。阿弥陀は、衆生済度の仏から、自然に救済される真理つまり「自然法爾」の真理を衆生に示す方便の仏に変化していたのである。人は死ねば神となって子孫を見守るという日本人の伝統的人間観を親鸞がすでに発見していたのである。

私は、本書で、以上の三つの課題の解釈法を個々に示したのではない。三つの課題に集約される親鸞の思想の全体像を一つの理論で説明しきったのである。時間を追って変化していった親鸞の思想を追いかけ、彼の思想の深化・変遷が、彼の日本人の伝統的人間観・霊魂観の認識の深まりと対応している事実を具体的にあきらかにした。親鸞の信仰と教説は、日本人の民衆の伝統的信仰そのものなのである。

親鸞の思索の過程を追いかけていて、感じることのできるなつかしさ、心の安らぎは、私たち日本人がすでに忘れて久しい日本の古代の伝統文化の本質に再会するなつかしさと心の安らぎなのである。

今回、本書の出版を引受けて下さった笠間書院は、昭和四十二年（一九六七）に刊行した私の第一著書『元禄歌舞伎の研究』の出版社である。編集業務を担当された橋本孝さんは、そのころからの同社の生え抜きでおられる。半世紀を隔てて、精緻極まりない職人技の神髄を拝見できたことは幸せであった。ありがとうございました。

なお、本書掲載の図版について、高田派本山専修寺から格別のご配慮をいただきました。篤く御礼申します。

二〇一五年八月三十日

諏訪春雄

親鸞の発見した日本

仏教の究極

著書

諏訪春雄

（すわ・はるお）

著者略歴

1934年、新潟県新潟市に生まれる。新潟大学卒業、東京大学人文科学研究科博士課程修了、文学博士。学習院女子短期大学教授、学習院大学文学部教授を経て、現在学習院大学名誉教授。前国際浮世絵学会理事長。元日本近世文学会代表。大韓民国伝統文化研究院顧問。研究領域は近世文芸、浮世絵、比較民俗学、比較芸能史。

●主な著書に、『愛と死の伝承』、『近松世話物集（1）（2）』、『歌舞伎開花』（いずれも角川書店）、『元禄歌舞伎の研究』、『近世芸能史論』、『近松世話浄瑠璃の研究』（いずれも笠間書院）、『歌舞伎史の画証的研究』（飛鳥書房）、『歌舞伎の伝承』（千人社）、『江戸っ子の美学』（日本書籍）、『忠臣蔵の世界』（大和書房）、『江戸その芸能と文学』、『近世の文学と信仰』、『心中―その詩と真実』、『出版事始―江戸の本』（いずれも毎日新聞社）、『日本王権神話と中国南方神話』（角川書店）、『天皇と女性霊力』（新典社）、『大地 女性 太陽 三語で解く日本人論』（勉誠出版）、『鶴屋南北』（山川出版社）、『日本の幽霊』（岩波新書）、『日本の祭りと芸能』、『北斎の謎を解く』（いずれも吉川弘文館）、『霊魂の文化誌』、『江戸文学の方法』（いずれも勉誠出版）、『安倍晴明伝説』（ちくま新書）、『日本人と遠近法』（ちくま新書）などがある。

2015年11月20日　第一刷発行

発行者　池田圭子

装丁　笠間書院装丁室

発行所　**笠間書院**

〒101-0064　東京都千代田区猿楽町2-2-3

電話 03-3295-1331　Fax 03-3294-0996　振替 00110-1-56002

ISBN978-4-305-70789-5 C0091

NDC 分類：188.72

組版　ステラ

印刷・製本　大日本印刷

http://kasamashoin.jp/